Nicolas Diat

Nicolas Diat est éditeur et écrivain. Ses deux précédents essais, *Un temps pour mourir – Derniers jours de la vie des moines* (Fayard, 2018), couronné par l'Académie française, et *Le Grand Bonheur* (Fayard, 2020), ont été de vrais succès de librairie, largement salués par la presse et traduits dans de nombreux pays. *Ce qui manque à un clochard*, publié en 2022 chez Robert Laffont, est son premier roman.

CE QUI MANQUE À UN CLOCHARD

NICOLAS DIAT

CE QUI MANQUE À UN CLOCHARD

roman

Robert Laffont

ISBN : 978-2-266-33669-7
Dépôt légal : novembre 2023

À Paul Radford.

« C’est une chose étrange à la fin que le monde
Un jour je m’en irai sans en avoir tout dit
Ces moments de bonheur ces midi d’incendie
La nuit immense et noire aux déchirures blondes. »

Louis Aragon, *Les Yeux et la Mémoire*

« La vie a passé trop vite et je n’en ai rien fait. Je n’ai jamais écrit que vite et mal, griffonné des caricatures, sans pouvoir sortir rien de ce qui est en moi. »

Paul Morand, *Journal inutile*

1.

Je sais d’avance où va la nuit

J’ai vu des choses sombres, des êtres terribles et des vies tristes. J’ai vu la nuit qui tombait sur les marais, ma petite masure solitaire qui s’envolait dans les tempêtes, mes encres de Chine qui flottaient dans l’eau. J’étais un reclus ivre du désir de retraites perpétuelles. Tant d’heures, plus que de raison, furent inquiétantes et injustes. On m’appelait le clochard de Bourges. Un jour, j’étais l’homme aux tuniques déchiquetées, un autre, l’homme repoussant, le travesti. Pour l’état civil, j’étais Marcel Bascoulard.

Mes rêves s’entrechoquaient. Je voulais dessiner, lire, écrire des poèmes, cartographier. La liberté de mon âme seule avait un prix. J’ai tout quitté pour ne rien posséder, ni maison, ni meubles, ni même un lit.

L’hiver était un royaume, l’été un bagne. La neige, les étangs gelés et scintillants, les arbres décharnés qui traînaient leurs silhouettes fantomatiques le long des routes désertes m’ont inspiré des milliers de dessins.

Les nuits, dans mes greniers, mes cabanes, mon camion de fortune, le froid était mon allié le plus fidèle. Je traversais pieds nus les chemins et les champs pour dessiner la belle cathédrale, les palais somptueux, les rues désertes, les anciennes maisons de la capitale berrichonne. Je regardais les trains sur le départ, les feux de toutes les couleurs dans la pénombre, les pauvres gares blafardes, les merveilleuses carcasses des locomotives. Sans jamais compter, j'ai pris des centaines de photographies de ces colosses qui s'enfonçaient dans le noir des forêts et des immensités que je ne connaîtrais pas. Quelquefois je suis monté dans un wagon de troisième classe pour une ville où personne ne m'attendait. Comment acheter mon billet ? Il fallait vendre un dessin. Je partais à Moulins, à Saint-Amand ou à Vierzon. Jamais trop loin. Je scrutais les gens, les rues, les arbres et les chemins. Puis je revenais à Bourges.

J'imaginais la douceur, la vie, les rires dans les maisons. Mais un clochard n'a pas de toit.

Je savais l'heure où le soleil décline. Les chiens hurlaient dans les fermes lointaines. La campagne se taisait, la brume se posait sur les étangs, sur les lavoirs, au fond des bois ; les paysans rentraient chez eux, les écoliers couraient, les femmes préparaient le dîner.

Moi je ne mangerais pas. Comme d'habitude, un peu de lait suffirait. Avec l'âge, je m'essoufflais. La peur retournait mes entrailles. Je tremblais. Je ne savais pas si j'étais heureux. J'ignorais même si j'étais peiné.

Me comprenez-vous ? Votre réponse changera peut-être au fil de ces lignes. Sachez simplement que je ne cherchais pas l'amour. Il est à supposer que la mélancolie qui flottait dans tous les recoins de mon cœur m'a empêché de le trouver. Les papillons noirs ont dévoré tant de choses. Mon cœur va s'évanouir, et j'avoue à la face du monde que les sources de mon chagrin ne se sont jamais taries. Des forces souterraines venaient nourrir ces hydres qui prenaient plaisir à me suivre sans répit. Dieu sait que j'aurais aimé leur tordre le cou.

J'étais frêle, mince, un peu décharné. Tout de même, jeune garçon, j'étais beau. Mais je vais mourir pour avoir voulu aider des hommes qui sortaient de prison.

Pour eux j'ai vendu des dessins, des dessins répétitifs, des dessins rapides.

J'ai donné mon argent. Ils veulent m'assassiner parce qu'ils pensent que je ne fais pas assez et refusent de comprendre que je n'ai pas le sou.

Des malfrats vont venir m'étrangler. J'ai parlé à mon ami qui possède la boucherie de la rue Moyenne. Je lui ai demandé de m'accueillir pour me sauver. Il n'a pas de place dans sa petite maison ; j'espérais dormir dans un couloir, un placard, un coin. M'aurait suffi un lit de poussière.

Mon corps mort, mes muscles froids, mon visage gris resteront dans la boue, la terre gelée et les bourrasques. Le jour fatidique de mon enterrement, personne ne viendra accompagner une dépouille sans valeur. Je vais partir, partir loin, partir là-haut. J'ai soixante-cinq ans, je suis fatigué. Mieux vaut quitter le grand théâtre du monde. Qui se souviendra de moi ? Je l'ignore. Mon pauvre frère, Roger, aura bien du chagrin. Hélas, il ne saura pas prendre soin de mes dessins.

Dimanche 9 janvier 1977 : la mort arrive, elle rôde, rampe, glapit.

Je cherchais l'infini, je l'ai trouvé quelquefois. Voilà le soir, le brouillard, les nuages lourds. Et mon dernier souffle.

2.

Des miroirs brisés

> « La poésie, c'est de la multiplicité broyée et qui rend les flammes. »
>
> Antonin Artaud,
> *Héliogabale ou l'Anarchiste couronné*

À partir de 1942, j'ai fait des photos. Le plus souvent c'étaient des images de mode où je portais les robes que j'avais dessinées. Devant l'objectif, je me montrais mi-sérieux, mi-amusé, et je tenais à la main un bout de miroir.

J'écris aujourd'hui mes Mémoires en considérant que je rassemble une multitude d'éclats de verre brisé. Le projet de ces pages est de réunir des morceaux épars, à la recherche d'un miracle.

Il n'y a rien de plus difficile à reconstituer qu'un miroir. Les éclats ne veulent plus former la belle unité de l'origine.

Mon existence ressemble terriblement à ce miroir en morceaux ; certains sont beaux, d'autres sont coupants, tranchants et repoussants.

Je posais devant le décor charmant d'un studio, dans des jardins ouvriers, près de belles maisons, dans des terrains vagues, entouré de cageots, dans des garages, sous une vigne vierge, avec un chat, près des haies printanières, sur des chemins. Je posais où mon cœur me conduisait.

Partout je tenais un miroir que je présentais au photographe. Ici, je veux tendre le miroir à ceux qui liront mes mots.

Le miroir brisé faisait peur. Il intriguait. Comme ces carnets que vous, cher lecteur, tiendrez un jour entre vos mains.

Dans la verte campagne berrichonne, l'homme le plus différent qui soit est apparu ; il sortait des marais telle une étrange apparition. Jamais cette terre n'avait donné naissance à un enfant aussi bizarre. Il fallait bien que l'anormal advienne un jour.

3.

Vallenay, campagne lointaine

Je suis né le 10 février 1913, par un froid glacial, au lieu-dit Les Brandes, chez mes grands-parents. Je me souviens d'une maison basse, avec ses petites fenêtres, près d'une immense étable, d'une basse-cour et d'un jardin perdu au milieu des champs.

Nos voisins les plus proches étaient à quelques kilomètres. Depuis notre ferme, il fallait emprunter un long chemin pour rejoindre la route qui menait au village. Le foyer était composé d'une belle cuisine, où mes parents, Léon et Marguerite, ma sœur, Marie-Julie, et moi dormions dans les deux lits en noyer disposés au fond de la pièce, et de la chambre unique, pleine d'un bric-à-brac invraisemblable, réservée à mes grands-parents.

Ma mère faisait ma toilette dans un baquet en bois posé sur l'évier de la cuisine. L'eau chaude venait de la grosse marmite en fer sifflotant dans l'âtre.

L'hiver, à Vallenay, il fallait se lever plusieurs fois la nuit pour entretenir le feu de la cheminée. C'était le travail de mon grand-père, qui avait le sommeil léger. À cette époque il devait avoir une soixantaine d'années. Dans mes yeux d'enfant, avec sa longue barbe blanche, il me semblait déjà parvenu aux extrémités de la vie. Je l'admirais mais il m'inquiétait. Son autorité, ses silences, son regard sombre laissaient peu de place aux sentiments.

Alors, je trouvais un refuge auprès de ma grand-mère Léonie que je regardais préparer les légumes du midi, la soupe de pommes de terre du soir. Tous les matins, elle enfournait sa pâte à pain sous la voûte du four attenant à la maison. Puis elle s'occupait des lapins, des volailles, des cochons qui me faisaient peur. Parfois, j'avais le droit de l'aider à donner du blé aux poules ou à changer la litière de foin des clapiers. Et j'attendais impatiemment les jours de marché à Lignières. Nous allions vendre les pintades et les canards. À l'entrée des halles, j'étais fasciné par le vieux paysan chétif qui vendait les légumes de son jardin pour grossir sa retraite. Forcément, il est mort aujourd'hui. Mais son visage triste et émacié, son port voûté, son costume gris élimé n'ont pas quitté ma mémoire. Il avait les mains et les bras croisés derrière le dos, dans une posture d'une dignité extraordinaire. La noblesse des petits, c'est la seule que j'ai toujours respectée.

Sous les halles, la société berrichonne défilait. Entre les bourgeoises bien mises et les pauvres paysannes en sabots de bois, j'avais choisi mon camp. Parfois, on voyait la jeune Marie-Madeleine de Bourbon Busset qui sortait de l'église. L'apparition mystérieuse portait toujours un fichu de soie blanche qui recouvrait des cheveux blonds comme les blés. Je ne savais rien d'elle. Plus tard, j'ai compris qu'elle était la fille de Georges de Bourbon, comte de Lignières.

L'été, je partais sur les routes alentour où j'observais, médusé, les femmes dans les champs, qui travaillaient sans ménager leur peine. Les maris infortunés étaient à la guerre.

Au bout du chemin des Brandes, il y avait une petite ligne de chemin de fer. Je restais seul en attendant le passage grandiose de la micheline qui filait vers Saint-Amand-Montrond.

Je n'aimais pas jouer avec les autres. Pour dire vrai, leur compagnie m'indifférait. Je voulais rêver et construire des mondes merveilleux. Mon grand-père, Eugène, ne m'intéressait pas davantage. Il occupait le plus clair de son temps à chérir les légumes de son jardin. Cependant, quand il était avec les vaches ou les cochons, j'observais en cachette l'ordonnancement rigoureux des allées de légumes. S'il changeait la moindre graine, je m'en rendais compte.

Et puis, il y avait les chattes, *Tigré*, *Goulue*, et *Oreille coupée*, qui mettaient bas dans les vastes greniers à foin de l'étable. Je passais des journées entières avec elles. Le drame n'était jamais loin car si ces bêtes du bon Dieu venaient à être trop nombreuses, mon grand-père s'emparait des chatons pour les tuer. Il les empoignait, les étranglait, et les projetait violemment contre le sol pour fracasser leurs petits corps fragiles. Pendant des jours, les mères pleuraient en cherchant leur progéniture.

Le grand-père Bascoulard était rebouteux. Il guérissait les douleurs de la tête et du ventre. Les gens venaient de loin pour le voir. Les malades et les simples de tout le Boischaut prenaient le chemin de notre ferme. On disait qu'il avait des pouvoirs cachés. Parfois, je me demandais si cette force ne venait pas de sa cruauté envers nos chats. Il commandait aux blés, aux vaches et aux vignes. Dans les traces, entre les bouchures, il se séparait rarement d'un grand bâton noueux en bois de peuplier qui ne me disait rien qui vaille. J'étais effrayé quand j'entendais dans les veillées qu'il avait jeté un mauvais sort à Fernand Cagnot, le maître du domaine de Bigny. Le pauvre homme était devenu fou. Un matin, il était parti dans son champ. À son retour, grelottant, fiévreux, il ne pouvait plus parler. On disait à voix basse : « Ça devait arriver. Il y avait du brouillard dans les fonds. Le Fernand a dû attraper le mal… »

Les regards inquiets s'étaient tournés vers mon grand-père. Mais personne n'osait parler. Les gens se lamentaient et répétaient sans cesse : « Il y avait du brouillard dans les fonds. » Je ne comprenais pas ces mots étranges. Aux premiers frimas de l'automne, quand je me levais, je regardais ces vapeurs mystérieuses qui m'angoissaient et j'essayais d'ausculter leurs entrailles. En hiver, la neige ou le givre recouvrait toute l'étendue de la campagne et le brouillard désiré se confondait avec le blanc des flocons.

J'avais le sentiment qu'il y avait plus de vérité surnaturelle dans nos histoires que dans les leçons de l'homme que les paysans appelaient le « bon curé ».

C'est vrai que je n'aimais pas le catéchisme, ni les religieuses de l'école libre, et que je ne comprenais pas pourquoi on m'enjoignait d'apprendre par cœur les réponses de mon livre de prière.

La situation était rasante mais je n'avais pas envie de me faire remarquer. Alors j'obéissais. J'ai encore ces phrases dans la tête :

Leçon première : Dieu existe.
Qu'est-ce que Dieu ?
Dieu est un esprit, éternel, infiniment parfait, créateur et maître de toutes choses.
Pourquoi êtes-vous certain qu'il y a un Dieu ?
Je suis certain qu'il y a un Dieu parce que toutes les créatures prouvent son existence. Les créatures prouvent que Dieu existe parce qu'elles n'ont pas pu se faire toutes seules, et la raison nous dit que s'il a fallu un ouvrier pour bâtir une maison, il a fallu un créateur pour faire de rien le ciel et la terre.
La plupart des peuples ont-ils cru que Dieu existe ?
Oui, la plupart des peuples ont cru et croient que Dieu existe.
Dieu s'est-il fait connaître lui-même aux hommes ?

Oui, Dieu s'est fait connaître aux premiers hommes, puis à Moïse et aux prophètes, et surtout par son Fils Jésus Christ.

Qu'est-ce que Jésus Christ a dit de Dieu ?

Jésus Christ a dit que Dieu n'est pas seulement le Créateur de toutes choses, mais le Père de tous les hommes.

Les petits paysans devenaient des horloges parlantes, des métronomes. Nous apprenions nos réponses absurdes par cœur. Il ne fallait pas oublier la moindre virgule. La fin de la chrétienté approchait… Qu'importe. Apprends ton texte, enfant des campagnes !

Oh, l'abbé Dumontet n'était pas méchant. Simplement il aimait les gens bien installés. Le fils du docteur, la fille du garde-champêtre étaient bien considérés tandis que les petits paysans ne valaient pas un sou. Avant Noël, j'aimais l'atmosphère heureuse du presbytère. La gouvernante, que nous appelions mademoiselle Sidonie, une vieille fille ennuyeuse, allumait la cheminée et distribuait à tous les enfants des boules de chocolat. Nous dévorions ces gourmandises qui rendaient le catéchisme plus agréable. Malgré les sucreries, les choses du ciel ne m'intéressaient guère. Je m'enfermais dans les livres. Dès que j'ai su lire, j'ai voulu apprendre par cœur toutes les notices du dictionnaire de mon père. Je savais déjà que je devais me déprendre du patois berrichon.

Les jours se ressemblaient et nos petits bonheurs domestiques remplissaient ma vie. Un matin de l'automne 1918, le notaire, Louis Pinel, est venu chez nous. Il possédait une étude à Meillant et travaillait pour le marquis de Mortemart. Quand un homme de loi avait les faveurs des gens du château, sa réputation était faite. Mon grand-père Eugène a posé cent mille francs en pièces d'or sur la table de la cuisine…

Les beaux jours de la famille étaient assurés.

4.

Mélancolie de la petite ville

Après la Grande Guerre, mon père est revenu à la maison. Nous le surnommions « Soldat silencieux » car il était sombre, exagérément triste, sourcilleux, expéditif même. La joie des retrouvailles dura le temps d'un feu de paille. Je comprenais les mauvaises relations qui existaient entre mes parents. Papa pensait que son épouse ne devait jamais parler ; elle serait une femme idéale en s'astreignant à ne pas poser de question, sans se perdre dans des sourires inutiles. Il aurait voulu que nous devenions autistes ou misanthropes.

Trois mois après le retour de son mari des tranchées terribles, maman a quitté la ferme de Vallenay pour vivre à nouveau chez ses parents. « Soldat silencieux » lui fit savoir qu'il allait la tuer ou se suicider si elle ne revenait pas à la maison. Notre mère, que nous appelions Guite, a fini par céder. Pouvait-elle imaginer que son mari lui jouait un mauvais tour ? Ma sœur et moi, nous goûtions le calme de la petite métairie de nos grands-parents Mulet. Ils habitaient Faverdines, un village reculé. Ce fut un temps de paix. Nous allions nous promener dans les bois de Bornacq pour cueillir des champignons en compagnie de notre brave grand-mère Marie-Toinette. Je surprenais les biches, les chevreuils ou les lapins sauvages. C'était l'automne et, la nuit, nous entendions les grands brames mystérieux des cerfs.

En 1922, mon petit frère Roger est venu au monde. Puis nous sommes partis pour Saint-Florent-sur-Cher où nous habitions une maison de briques près de la gare. C'était un quartier ouvrier assez pauvre. Le soir, j'entendais les trains qui filaient. Mon père ne voulait pas reprendre la ferme familiale. Après un apprentissage à Vierzon, il était devenu maçon ; de son côté, ma mère s'occupait toujours du ménage et s'échinait avec la dévotion de ceux qui n'ont plus peur de donner leur vie pour les autres. Son teint un peu trop pâle, ses yeux fatigués, ses cernes disaient mieux qu'un grand discours son désarroi.

Dès l'arrivée à Saint-Florent, j'ai pris l'habitude de faire des croquis dans un cahier secret que maman m'avait offert. Au début, je dessinais notre maisonnette, le jardin attenant, la modeste cour, et les rues du Bout-du-Pont. Ma mère m'encourageait. « Soldat silencieux » n'en savait rien. Un jour, vers douze ans, j'ai eu envie de dessiner les trains qui passaient en gare.

J'ai demandé à Guite l'autorisation de ne pas rentrer pour le déjeuner. J'emportais un morceau de pain, quelques carrés de chocolat, et je m'asseyais près de la petite maison de Mme Louise, la garde-barrière.

Elle me plaisait bien, cette gentille veuve. Elle surnommait sa maison la « guérite des jours bénis ». Assis contre le mur blanc de la cuisine, je dessinais les locomotives qui restaient un temps à l'arrêt avant de repartir tels de gros dragons vrombissants. C'était la ligne Paris-Montluçon. J'observais le train, d'un coup d'œil qui l'embrassait tout entier, et je m'attachais à faire le dessin d'un seul wagon. Parfois je m'attelais au croquis de la locomotive de tête qui obligeait à plus de précision encore.

Je n'aimais pas l'école. À la communale de Saint-Florent où je préparais le brevet élémentaire, je souffrais de l'enfermement entre les quatre murs de la classe. Heureusement, l'instituteur, Robert Aubailly, un ancien de Verdun, avait compris que je préférais peindre. Il avait organisé une exposition de mes premiers dessins sur les murs de notre classe. Tous les élèves s'étaient enthousiasmés pour mes créations. J'étais flatté sans rien vouloir en montrer. Les enfants avaient raconté l'événement à leur famille le soir, de sorte que toute la ville avait été au courant de mon talent pour le dessin.

Mon père l'avait su. Il n'avait rien manifesté ; pas un encouragement, pas un baiser, pas un reproche. Juste le silence. Le silence glacial, celui du couloir menant à l'échafaud.

Les cours de français, de grammaire et de géographie m'offraient aussi une parenthèse enchantée. Je rêvais en déchiffrant les cartes accrochées près des larges fenêtres qui donnaient sur la prairie. Je savais déjà que je voyagerais peu. Avouerai-je que j'avais une conscience précoce du malheur qui recouvrirait ma vie ? Les cartes me donnaient la chance de m'évader loin des premières terres de ma souffrance, moi qui n'avais pas envie de rire.

Je détestais les jeux dans les rues. Les garçons du quartier se retrouvaient pour jouer à la balle. Vaguement sûr de mon fait, mi-sérieux, mi-goguenard, je les observais. Ils auraient des vies toutes tracées. Ils se marieraient, feraient leur service militaire et deviendraient ouvriers, artisans ou commerçants. Ces parcours sans pittoresque m'ennuyaient terriblement. Je n'y pensais même pas.

En 1930, j'ai obtenu non sans difficulté mon brevet et j'ai quitté les tristes bancs de l'école. Mes anciens camarades sont entrés dans le rang de l'existence tandis que je continuais à dessiner.

J'achetais des blocs-notes de sténodactylo à Mme Raymonde Finck. Le papier à dessin était trop onéreux pour ma petite bourse et celle de mes parents. Ma bonne amie me donnait quelquefois des grandes feuilles blanches que je réservais à mes travaux les plus extraordinaires. Elle m'offrait aussi des petites bouteilles d'encre de Chine et des vieux tubes de couleur. J'utilisais rarement la gouache.

Je dessinais les maisons de Saint-Florent, les petites habitations ouvrières, les villas bourgeoises, leurs salons empesés, la boucherie chevaline, dont j'aimais la devanture, la cour de la maison de Maurice Lichon, les bords du Cher, l'île qui faisait le charme bucolique de la ville, l'église, son parvis ennuyeux, le monument aux morts et les hauteurs de la cité, où je distinguais le grand aqueduc.

Déjà, à cette époque, je m'attachais aux détails les plus infimes, des bosquets insignifiants à la petite tuile déplacée sur un toit. J'aimais les nuages tristes, les lumières déclinantes, les journées qui se brisent sur la nuit. J'essayais de rendre à chaque paysage sa part de mélancolie, d'ombre et de poésie.

Les gens de Saint-Florent ne comprenaient pas mon travail. Ils s'extasiaient bêtement sur le réalisme de mes dessins. Je n'avais guère envie de leur expliquer que je ne cherchais pas à coller aux choses. Je les reproduisais pour mieux pouvoir laisser une trace de la vie qui marche à grands pas vers la mort.

5.

Le crime du 25 septembre

25 septembre 1932 : ce fut un assassinat banal qui ouvrit l'heure de notre libération.

Ma mère nous avait demandé, à mon frère et moi, d'aller ramasser des noix sur la route de Saint-Caprais. Nous étions partis à la fin du repas. Il faisait beau, le soleil inondait les chemins, et jouait entre les arbres. L'eau de la rivière semblait transparente, nous avions eu envie de nager un peu, mais la température était déjà trop fraîche. J'avais dix-neuf ans, Roger onze, ma sœur Julie était à Paris où elle travaillait comme serveuse dans un joli restaurant près de la gare d'Austerlitz.

Léon Bascoulard, mon père, est tombé d'un coup. Notre mère l'a tué d'une simple balle avec un pistolet acheté à Bourges. Le geste fut facile.

Il venait de sortir de la cuisine et s'apprêtait à passer la porte. Son rituel sardonique était immémorial : le tyran lisait une revue après le déjeuner dominical, sans lever les yeux, heureux de ne pas nous voir, puis il gagnait, fort content, la cour pour fumer une pipe dont je détestais l'odeur nauséabonde. À l'instant où il posa un premier pied dans la cour, ma mère appuya sur la détente de l'arme fatale. Elle était restée judicieusement dans la pénombre de la cuisine. Le vilain bonhomme s'écroula de tout son poids. La carcasse pleine d'amertume et de haine silencieuse était tombée raide. Maman n'eut pas besoin de s'y prendre à deux fois.

« Ben ma foi, je l'ai tué. On est bien débarrassés », a-t-elle dit aux voisins, les Dubourg, avant l'arrivée des premiers gendarmes.

Quand nous sommes revenus, Roger et moi, on installait le cadavre sur le lit conjugal. Maman était assise sur une chaise de la cuisine, un peu hagarde. Elle m'a regardé tendrement.

Puis le maire, Vincent Corneille, est arrivé. Les gens disaient qu'il était franc-maçon. Il s'est recueilli un court instant devant le corps sans faire le signe de croix. La cuisine était envahie de gens que je ne connaissais pas. À un moment, l'adjudant-chef Jean Picot a donné des ordres à ses hommes et j'ai compris qu'il allait emmener notre mère, qu'il observait déjà comme une criminelle. Je n'ai pas pu échanger le moindre mot avec elle.

Maman est partie à pied vers la prison du Bordiot, menottée et attachée au cheval d'un des deux gendarmes. Je l'ai suivie des yeux autant que j'ai pu.

Elle s'est retournée et m'a regardé une dernière fois. Après je me suis caché dans le jardin pour pleurer. Je ne voulais pas que Roger soit le témoin de cette douleur.

Personne ne cherchait à comprendre son geste. La cause était entendue. Guite avait tué le « soldat silencieux » pour nous sauver d'un enfer. Mais la société ne pourrait jamais l'admettre. Les femmes n'avaient aucun droit.

Julie est venue de Paris pour les funérailles. Notre mère avait la chance de n'être pas présente ; elle dormait déjà en prison. Après cette farce où le curé avait baladé en tous sens son encensoir comme s'il voulait exorciser un ennemi tapi dans l'ombre, le corps de Léon Bascoulard avait été enterré dans la tombe familiale à Vallenay. J'étais heureux que notre père repose loin. Cette distance m'éviterait d'avoir à lui rendre hommage, exception faite des jours de la Toussaint.

Deux jours plus tard, ma sœur est repartie. Nous avons confié le jeune Roger à une grand-tante qui habitait le nord du département. Je suis resté seul. Un pan entier de nos vies se refermait sans crier gare.

Pour voir maman, je faisais quotidiennement le chemin jusqu'à Bourges. La maison de Saint-Florent était comme désossée. Il faisait nuit du matin au soir. Je n'avais le courage de rien, y compris concernant le ménage. Souvent, une gentille voisine déposait des plats devant la porte. Je n'avais guère d'appétit. Elle m'avait proposé de prendre mon linge pour le porter au lavoir avec ses propres vêtements. Son travail n'était pas fatigant puisque j'utilisais chaque jour la même chemise et mon unique pantalon de laine grise.

Lors de son procès bâclé, ma mère a dit la vérité au juge. Ses paroles ont été consignées par le greffier du tribunal : « Dès les premiers jours de notre mariage, je me suis aperçue que mon mari avait mauvais caractère et me considérait comme une domestique et non comme une épouse. Avec les années, le caractère de mon mari devenait de plus en plus tyrannique. Je ne pouvais plus faire aucune dépense, même en nourriture. Il était maussade, grincheux, sournois. Mon mari, toujours aussi dur pour moi, rendait la vie de plus en plus intenable ; j'ai tout souffert pour pouvoir élever mes enfants. Le 5 août 1931, fatiguée de ses persécutions, je suis partie à nouveau, emmenant mes deux fils, ma fille étant placée à Bourges. Je suis allée à Vierzon et ensuite à Asnières, où je suis restée trois mois avec mes enfants, vivant de l'argent que j'avais pris à la maison, environ quinze mille francs. Mon mari est venu nous rejoindre pour dire que, si je ne revenais pas, il nous tuerait tous : j'ai cru à de meilleurs sentiments de sa part et j'ai réintégré le domicile conjugal. »

Guite a vécu le martyre. Aujourd'hui, je suis certain qu'elle n'a pas mis fin à ses jours pour ne pas nous abandonner, Roger, Julie et moi, orphelins et désemparés.

En 1952, j'ai composé un petit poème, « Maternelle réhabilitation ». À cette époque, je voulais déjà garder cette souffrance en mémoire :

Quand ce démon rentrait, régnait le dur silence
Il suintait l'ouragan. Mieux valait tout laisser
Pour s'enfuir que subir longtemps la pestilence.

Il y a quelques semaines, j'ai écrit une lettre à l'épouse d'un ami, Robert Goin. J'ai eu ces mots qui résumaient nos destins : *Famille, avant tout, c'est : l'in-sé-pa-ra-ble mère !*

Jusqu'à mon dernier souffle, maman aura été le seul amour de ma vie.

6.

Conseil de révision militaire

Un mercredi 7 mars 1934, le Conseil eut lieu à la mairie du chef-lieu de canton de Charost. J'avais un mauvais pressentiment car je n'ai jamais été de forte constitution. On entendait dire dans les cafés que des instructeurs sourcilleux pouvaient mettre de côté les jeunes hommes les plus fragiles mais comme je fréquentais peu ces groupes, il m'était difficile de me faire une religion.

Mes camarades de classe prirent tous l'autocar à Saint-Florent. Comme je n'avais aucune envie d'être de ce groupe bruyant, j'ai décidé de parcourir à pied les dix kilomètres. Mon seul compagnon serait mon parapluie, qui ne me quittait jamais.

Le Conseil de révision était un passage prétendument obligé vers la vie d'homme adulte. Les fortes têtes étaient excitées par l'épreuve virile, d'autres, plus timides, étaient apeurés. Je me sentais indifférent et moqueur.

Suivant les habitudes qui présidaient à cet étrange ballet, nous avons d'abord été enrégimentés dans le grenier assez lumineux de la mairie.

Puis nous sommes descendus dans un vestiaire improvisé : il fallait se déshabiller jusqu'à se retrouver complètement nus. Le sexe à l'air, les pudiques pouvaient oublier leurs préventions… Nous sommes ensuite passés dans la grande salle des mariages. Là, sans conteste, il y avait du beau monde : le médecin-major, le conseiller général de Charost et tous les maires du canton. Ils étaient assis derrière une grande table, alignés pour ne rien manquer du spectacle.

Un infirmier qui ressemblait à un apprenti-boucher relevait la longueur des bras, des jambes, de l'entrejambe et des pieds. Les pieds plats étaient automatiquement déclarés inaptes à la marche militaire. Et ainsi nous allions de visite en visite – la toise, le poids, la vue et le contrôle de l'audition –, les bras ballants, croisés sur la poitrine ou dans le dos, la tête haute et le regard droit. Devant le médecin-major, tout y passait : le blanc des yeux, la dentition, le coup sur les genoux pour juger des réflexes, la souplesse évaluée d'après quelques mouvements stupides. Un grand moustachu au regard torve, qui m'apparut tout de suite désagréable, me jugea chétif et malingre. Il me lança, goguenard : « Mon garçon, il va falloir faire du sport ! » Je lui répondis sur le même ton, mais plus haut : « Je n'en ai aucune envie, mon médecin… »

Le couperet ne tarda pas à tomber. J'entends encore cette voix nasillarde qui proclama sans ménagement : « Marcel Bascoulard, inapte pour le service. »

Restait à reprendre le chemin de Saint-Florent en sens inverse. Je marchais sur le bord de la route quand le car, avec à son bord mes camarades tous retenus pour le service, s'arrêta afin que je monte avec eux. Ils insistèrent. Je déclinai poliment. Qu'irais-je faire avec ces garçons ? Je n'avais pas le cœur à rire.

Ma situation semblait sans espoir : mes grands-parents étaient morts, maman avait assassiné mon père et venait d'être placée à l'hôpital psychiatrique de Beauregard, mon frère était parti, ma sœur aussi. Et maintenant, le Conseil de révision m'enfermait. Je pouvais dire adieu aux rêves ferroviaires, à toutes les belles locomotives. J'étais seul à Saint-Florent, que je n'aimais guère. Comment vivre ? Comment sourire ? Je ne savais que faire. La maison de mes parents m'était devenue invivable. De toute façon, Julie voulait la vendre et placer l'argent sur un compte de la Banque nationale pour le commerce et l'industrie. Le sang bouillait dans ma tête. Cette après-midi de printemps ensoleillée, j'ai décidé de m'installer à Bourges pour être au plus près de ma mère.

Le Conseil de révision n'était pas sans avantage. J'avais le crâne rasé. Et dans le miroitement d'une petite glace de la chambre parentale, je me trouvais fort joli. La beauté était trompeuse : je ne comptais pas retourner chez le coiffeur de la rue de l'Église, même si le résultat était plaisant.

J'allais devenir un ermite, un reclus, un anachorète. Mon existence matérielle ressemblerait à celle des moines. Je ne connaissais pas la vie de ces hommes emmurés. Mais comme eux, je voulais être dépouillé de tous les biens matériels. Je n'aurais pas une existence banale. D'ailleurs je n'en avais aucune envie. Pourquoi vivre comme les autres ? Depuis que ma mère était partie, enfermée dans une cellule, contrainte à des travaux d'intérêt général, j'avais eu le temps de réfléchir aux vents mauvais qui soufflaient au-dessus de ma tête.

En quittant Saint-Florent, j'essayais de jeter au caniveau les fantômes de mon enfance. Certes, il y avait quelques souvenirs charmants qui traînaient de-ci, de-là. Mais les souffrances purulentes occupaient les premiers bancs.

Au fond du jardin j'ai brûlé les papiers et les photos. Les vestons de mon père, les robes de ma mère se sont consumés dans les flammes. J'ai donné des draps, des serviettes et des chiffons aux voisins. Nous avons vendu la maison à un jeune couple d'ouvriers, dispersé les outils de maçonnerie de mon père. Ma sœur a gardé quelques souvenirs, des laines, des bibelots, des pièces de vaisselle, deux ou trois meubles. J'ai pris un collier de perles sans valeur. Je ne voulais pas me charger.

Je devenais une ombre, un fantôme. Pour la société, je ne pouvais pas prétendre à grand-chose. Mais j'étais porté par une certitude intérieure ; j'avançais comme un enfant naïf et candide qui ne connaît pas les règles.

Ce petit homme a simplement besoin d'amour. Certes, je n'en avais pas. Il était demeuré si distant de moi. Où se trouvait l'amour qui me restait ? Derrière les barreaux d'une cellule aux verrous solides.

Notre père si taciturne nous avait privés d'une vie heureuse. Je n'ai jamais su ce que signifie la normalité. Je n'en avais jamais eu le goût, ni l'envie ni l'ambition. Il me restait le désir de la solitude.

Je n'avais d'autre choix que d'être un clochard qui marcherait dans le vent, un pauvre peintre recroquevillé dans ses rêves, un dessinateur qui ne pourrait jamais être compris.

7.

Elle était endormie

Je suis arrivé à Bourges au début de l'automne 1934, ne voulant pas quitter la campagne sous le soleil de l'été. L'idée d'affronter la chaleur m'était impossible.

La vente de Saint-Florent me laissait des économies. Mais je projetais d'emménager dans la maison la plus simple possible. Pour le reste, mon idée était ferme : je dessinerais, et je vivrais du produit de mon art.

Est-ce que j'aimais Bourges ? J'avais de la peine à répondre à cette question. En tout cas la cathédrale, le palais Jacques-Cœur, les rues médiévales, les maisons à pans de bois, les hôtels particuliers me fascinaient.

Les marais, nichés dans la ville, les petits cours d'eau, l'Yèvre, le Moulon, la Voiselle, et l'Auron, les myriades de jardins ordonnés seraient un lieu extraordinaire pour travailler mes dessins. Pourquoi ne pas poser ma valise au milieu des carottes et des poireaux ? La nuit, je serais seul. Les jardiniers me tiendraient compagnie le reste du temps. Si je parvenais à trouver une vieille cabane isolée, je pourrais me tenir à l'écart du monde.

À peine logé, j'ai marché vers la cathédrale. J'étais certain que je parviendrais sans trop de difficulté à la dessiner. Les deux angles les plus saisissants étaient la rue Porte-Jaune en raison de sa vue sur le portail du Jugement dernier et celui des jardins de l'archevêché qui rendaient la nef gigantesque. En contemplant l'édifice gothique, dont personne ne connaissait l'architecte, j'ai su tout de suite que le projet le plus extraordinaire consisterait à faire un dessin d'une fidélité parfaite. Mon travail devait être semblable à une photographie.

D'ailleurs, je me décidai à acheter un appareil photo. Je voulais comparer mes images et mes dessins ; ce qui venait de ma propre main ne pouvait différer de ce qui sortait de l'appareil. J'ai tenu mon pari.

Les premières semaines, la foule qui grouillait dans les rues commerçantes m'affolait. Ces femmes et ces enfants déambulant d'une boutique à l'autre provoquaient chez moi des haut-le-cœur. Maman et moi avions l'habitude de nous contenter de presque rien. À Vallenay et à Saint-Florent, je ne pouvais pas imaginer l'allure de ces temples rutilants. Les dames bien mises, pressées, allaient de la mercerie à la modiste, du couturier au bijoutier. Protégées par leurs ombrelles l'été, emmitouflées dans leurs renards l'hiver, ces vestales vagabondaient. Le grand magasin *Aux dames de France* qui dominait la place Planchat était le vaisseau amiral des ablutions les plus abjectes. Je me sentais perdu devant de tels spectacles orgiaques. L'être humain était un automate déréglé qui répétait sans cesse la même pièce. Il remplissait son papier de victuailles inutiles. Du lundi au samedi, il faisait les mêmes gestes, insatiable, inaltérable.

Un jour, j'ai écrit à un ami une lettre teintée de tristesse depuis Paris : *Pourquoi revenir si vite dans ce Bourges où tout n'est pour moi qu'ennui et lassitude ? Je compte partir pour Troyes et Sézanne en fin de semaine.* La langueur et la désespérance sont des horizons auxquels on finit par s'habituer. Pourtant j'ai aimé la capitale des Berrichons. Son charme qui flottait dans les brouillards du matin, ses longues ruelles alanguies, ses petites habitations basses des quartiers ouvriers, son âme fourbue par l'histoire des rois qui jamais ne reviendront, tout anesthésiait ma douleur.

Le soir, en automne, des nuages d'oiseaux se rassemblaient et formaient de grands cercles dans le ciel. La lumière baissait, le ciel devenait rosé, puis bleu pâle, puis gris. La campagne n'était pas loin. Je la sentais, la voyais.

Quelque temps après mon arrivée dans les marais, où je posais un maigre barda, une amie maraîchère voulut m'offrir une place au fond d'une grange en sa possession. Je suis parti ensuite à Fénestrelay, dans le grenier du café des Porteaux.

En 1939, j'ai débarqué à Avaricum, ce coin de la ville que je n'oublierai jamais. Là, j'ai élu domicile dans des masures de la rue Mirebeau, puis de la rue Viala, entre les prostituées, qu'on appelait les « bottines », et les damnés.

Dans les années cinquante, on parla de raser mon quartier. Le maire m'a proposé un petit appartement dans une HLM. On voulait peut-être récompenser une probité exceptionnelle puisque j'ai toujours mis un point d'honneur à payer mon misérable loyer. Mais il ne m'était pas possible de vivre dans une cage à lapin, si moderne fût-elle.

En 1956, j'ai séjourné dans une maison de bois à Saint-Doulchard. J'étais loin de la ville. Tous les jours, sous la pluie, dans le vent que j'aimais tant, je parcourais cinq kilomètres à l'aller, cinq au retour, pour faire mes dessins. J'aimais marcher sous la pluie car je m'imaginais alors que plus personne ne pourrait voir ma peine.

Je me souviens de mes amis, Omer et Marthe Morlet, qui possédaient le studio de photographie où nous avons fait des clichés par centaines au premier étage de leur jolie demeure. Ils me donnaient un grand café pour m'encourager avant de les quitter.

Enfin, en 1963, j'ai repris la route jusqu'aux Gargaudières, à Asnières-lès-Bourges, chez mon ami André Godon. Dans un champ, près d'une vigne abandonnée, j'ai instinctivement reconnu ce qui serait ma dernière terre. Dans la cabine de camion qu'on m'avait offerte, j'ai installé un empire. Et pour la première fois, dans une drôle d'armoire en fer, j'ai pu ranger mes livres, mes dictionnaires, mes revues de mode, mes journaux, mes cartes, mes poésies, mes photographies, mes esquisses et mes dessins. Là, il y avait mon trésor.

J'ai beaucoup changé d'adresse. Mais à Bourges, chaque soir, la séduction de la ville éteinte se mêlait à la chape de tristesse qui étreint les campagnes alentour. Tout remontait dans ma tête à la manière des alcools forts qu'on mélange.

Comme une chronique écrite à l'avance, j'ai passé le plus clair de mon temps dans les rues. Je pouvais méditer sur la sagesse de la ville et son indécision coupable, sur la gloire de son histoire qui l'empêchait de comprendre les vertus de la folie et de l'héroïsme. Sa beauté ne se transformait-elle pas en une vanité toute plate ? Longtemps, j'ai regardé les habitants de Bourges comme de jeunes veaux repus avant d'avoir rien vécu. Quelle injustice.

Au fil des années, mes interrogations m'amenèrent à la certitude que les peuples du centre de la France sont imperturbablement tirés vers les rivages du romantisme. Peu habitués à se battre, ils regardent le bonheur comme une idée simple.

8.

L'obscurité est ma maison

Je marchais la nuit. Dans la ville, dans la campagne. Je me hâtais pour rejoindre la cathédrale. Au loin, elle m'apparaissait si belle. Le temple de pierre serait comme la rose des vents de ma petite vie. Dans les chemins noirs, je marchais pieds nus pour ne pas salir mes chaussures percées. La boue, la neige, les flaques d'eau ne me faisaient pas peur. J'entendais les troupeaux au loin. Je voyais la fumée des cheminées, devinais les fermes, connaissais le plus petit des ruisseaux. Les paysans se reposaient près des cheminées et des poêles mais ces havres domestiques n'étaient pas pour moi.

J'aimais les bourrasques qui soufflaient dans les sentes. J'étais le dernier à rester dehors les soirs de tempête. Personne ne pensait à moi. Le vent me consolait encore, il me donnait le sentiment de vivre. Qui pouvait deviner qu'il était la meilleure part de mes dessins ?

Parfois, je voyais les phares jaunes d'une voiture roulant sur la route. J'ignorais l'identité des passagers. Mais je reconnaissais entre mille le ronflement sourd de la 4L d'André. Il rentrait de son travail au Gaz de France. Je regardais son automobile qui s'éloignait dans les bois, je pensais à sa vie courageuse.

Combien de fois me suis-je blotti contre un arbre pour me protéger des pluies ? Je me levais en pleine nuit quand je ne trouvais pas le sommeil. Mes chats ne parvenaient pas à apaiser ma tristesse. Je sortais aussi les soirs d'orage. Les éclairs ne m'inquiétaient pas le moins du monde. Au contraire, les cris de la foudre me réconfortaient. L'hiver, les amis s'inquiétaient. Je dormais sans couverture, et je n'avais rien pour me réchauffer. Les chats ne s'y trompaient pas et ils avaient pris l'habitude de se blottir contre moi. Ils étaient mes anges gardiens et mes cheminées crépitantes. J'avais peur de leur donner froid tant mes os étaient gelés. Mais ils étaient fidèles. Seule la mort, lâche et injuste, savait nous séparer.

Dès les premières minutes du soleil couchant, je regardais les avions dans le ciel. J'imaginais la vie des voyageurs.

Quand la neige tombait, j'exultais. Les immensités blanches dessinaient ma patrie et mon bouclier contre tous les ennemis intérieurs. Le givre cicatrisait les blessures que l'été laissait suppurer.

Je me perdais dans mes songes. Comment ne pas me souvenir ? Lors des pleines lunes, les paysans des marais disaient que les légumes poussaient mieux. Ces phrases naïves me rappelaient mon grand-père. Et tout bougeait dans ma tête.

Le jour, j'étouffais. La nuit, je ressuscitais. Pour moi qui n'ai jamais cru au Dieu des chrétiens, c'était plaisant. Ma lumière venait de l'obscurité. On pouvait chuchoter ce qu'on voulait sur mon passage, je ne savais pas faire autrement : sous le soleil, tout était pesant, lourd, inapproprié. Quand les étoiles entraient en scène, la vie devenait indistincte, moins terrible, moins dure, moins sauvage.

À la fin de sa vie, vers 1916, Albertine Dumontet était devenue folle. Les gens disaient avec un air méchant qu'elle avait un « dérangement ». La femme habitait dans une maison isolée à quelques encablures de la ferme de mes grands-parents. Là, il n'y avait qu'une seule pièce ; la cuisine et la chambre étaient rassemblées autour d'une grande cheminée. À côté, les granges et l'étable logeaient une dizaine de moutons qui composaient toute sa fortune.

Albertine se trouvait veuve depuis longtemps. Son fils avait péri dans un accident sur une batteuse, et Baptiste, son petit-fils, soldat, avait été envoyé au front. Les nouvelles étaient rares, la solitude insupportable. Elle avait peur de tout le monde. Des hommes qui partaient s'occuper des troupeaux, des femmes qui filaient la laine, des enfants qui jouaient en revenant de l'école de Mme Germaine Alanore. Alors elle sortait la nuit pour faire paître ses bêtes dans les chemins creux. Les trois champs qu'elle possédait ne suffisaient pas pour les nourrir. Ils servaient à faire pousser le blé, l'orge, un peu de foin.

Et la nuit, l'écho merveilleux renvoyait loin le bruit des moutons qui bêlaient. Avec son fichu de laine, son pardessus rapiécé, son bâton noueux, elle bravait la pluie comme la neige. À la lueur de la lune, elle marchait, en suivant les rayons blancs, la pupille dilatée, le corps amolli, l'âme brisée. La nuit maternelle guérissait son mal autant que le mien à présent.

Albertine ne demandait rien. Personne ne se souvenait qu'un seul jour on ait pu l'entendre se plaindre. Elle avait ravalé ses sanglots. Oh, ce n'était pas de la fierté. Plutôt la discrétion qu'elle garderait jusque dans l'au-delà.

Baptiste est mort le 7 octobre 1916, à Verdun. Albertine l'a rejoint quelques jours plus tard. Elle est partie en dormant. Les hommes du village ont dit que cette nuit d'automne, prématurément froide, on voyait très bien la Grande Ourse.

9.

À l'école des Beaux-Arts

Quelle drôle d'idée…

Marcel Pinon avait remarqué mes promenades et mes étranges va-et-vient dans les rues de Bourges où j'étais sans cesse à dessiner une maison, une place, une rue.

Six semaines avant moi, en 1934, Marcel arriva à Bourges où il fut nommé architecte des services techniques de la ville. C'était un homme doux, attentionné, généreux, un protecteur qui aima vite mes dessins, qu'il jugeait « réalistes et mystiques ».

Mon travail suscitait chez lui suffisamment d'intérêt pour qu'il me proposât d'entrer à l'école des Beaux-Arts de Bourges.

L'établissement qui jouissait en ce temps-là d'un grand prestige se trouvait place Cujas, à l'emplacement de l'ancienne église des carmes. La façade du bâtiment, avec son fronton d'inspiration grecque supporté par des colonnes assez massives, était un peu grotesque.

Je me souviens que les cours s'organisaient autour de cinq sections : le dessin géométrique, le dessin d'initiation, la sculpture, l'application et l'histoire de l'art. Je n'eus pas la chance de bénéficier des cours de peinture de Louis Thibaudet qui fut à partir de 1943 un remarquable professeur. Il aurait peut-être su me retenir entre les murs de l'école. Les autres étudiants me rebutaient. Pour la plupart, ils étaient des fils de bonne famille qui venaient de toutes les régions de France. Des fils de médecins, de banquiers, d'avocats, de professeurs où d'ingénieurs qui rêvaient de devenir des artistes renommés. Forcément, ces héritiers pensaient plus à la gloire de leurs lignages qu'à l'art. Les enfants d'ouvriers, de paysans ou de petits employés n'étaient pas nombreux. Il me semble même me souvenir que je n'en ai rencontré aucun.

La rigidité de l'enseignement académique finissait d'assécher les cœurs les plus généreux. De mon côté, j'étais incapable d'obéir à un ordre précis. Pire : mon cerveau ne se soumettait à aucune sollicitation, qu'elle soit agréable ou rasante, qu'il n'aurait décidée par lui-même. On me commandait un dessin ? J'étais certain que quelque chose allait se lier en moi. Je me trouvais impuissant. J'en riais de bon cœur. Mais la chose était tragique.

Pourtant je faisais des efforts. J'ignore si mes professeurs en avaient conscience. Je venais avec le matériel le plus propre possible, et je prenais grand soin de mes feuilles, de mes crayons et de mes craies.

Je revois, comme si c'était hier, le cours de nature morte. Il suffisait que le professeur nous propose de dessiner un verre de vin, une bouteille et un morceau de pain pour que mon imagination s'emballe et que j'aie envie de représenter un verre de confiture, des pommes et un pot en grès.

Je ne sais pas s'il s'agit d'une indiscipline patentée, d'une imagination vagabonde, ou bien les deux…

Qu'ai-je retenu de ces cinq longs mois passés à l'école ? Les cours sur l'histoire de l'art me plaisaient beaucoup. Pour le reste, tout était peine perdue.

Cet échec retentissant ne m'a pas empêché de demeurer proche de Marcel Pinon jusqu'à la fin de sa vie. Le travail qu'il a fait pour la maison de la culture de Bourges était extraordinaire. Nous avons été marqués par cette prouesse architecturale de briques rouges, ce geste futuriste, au cœur de la ville.

Ma mère était fière de mon inscription aux Beaux-Arts. Je devais tout faire pour éviter de la décevoir. J'hésitais entre le mensonge et la vérité.

Elle s'intéressait beaucoup à mes cours. La vie des artistes la fascinait. Derrière les barreaux du parloir, je lui lisais les notes que j'avais prises. Les infirmières qui venaient parfois nous surveiller se demandaient ce que maman pouvait bien comprendre à ce que je lui racontais. Grâce à moi, Pierre Paul Rubens, Philippe de Champaigne, Jacques-Louis David pouvaient entrer dans un hôpital. Nous parlions de leur vie, de leur peinture, de leur inspiration. Maman était terriblement curieuse.

Le mépris du corps médical envers les patients n'aura jamais cessé de m'étonner. Ce sentiment de supériorité était glaçant. Guite n'y prêtait pas attention. Je ne savais pas si elle avait décidé un beau jour de s'en protéger ou si la douleur ne passait plus les murs de son cœur.

Je n'avais pas cette capacité. Tout me faisait mal.

10.

Quelques mois avec Joseph de La Nézière

En octobre 1937, la capitale française accueillait l'Exposition internationale des arts et techniques. Marcel Pinon avait été chargé de la direction du pavillon Berry-Nivernais. Cinq de mes dessins aquarellés, qui représentaient des vues de la cathédrale de Bourges et de la campagne sous la neige, furent présentés. Mon travail était accroché à côté de ceux de Lucien Pénat qui fut grand prix de Rome 1902.

Je logeais à l'hôtel du Pont-de-Flandres dans le XIXe arrondissement. Ce quartier aux portes de Paris me convenait bien. Car la grande ville m'inquiétait même si je n'étais plus seul. Avant mon départ, Marcel Pinon m'avait recommandé à Joseph de La Nézière, un notable issu d'une famille en vue dans le Cher depuis plusieurs générations.

Il était né à Bourges le 5 août 1873. J'avais vingt-quatre ans et lui soixante-quatre. Nous passions de longs moments ensemble. J'aimais son humour, sa joie de vivre, son intelligence pétillante. Il avait tellement voyagé qu'il ne savait plus de quel coin du monde venait tel croquis, telle gouache, telle peinture à l'huile ou tel pastel de son immense collection. Tous les genres lui plaisaient.

Qu'est-ce qui aurait pu laisser présager cette rencontre entre un paysan désargenté de Vallenay et l'héritier d'une dynastie française ? Joseph connaissait le Tout-Paris des acteurs, des chanteurs, des écrivains. Il était proche d'Hubert Lyautey, qui avait inspiré le baron de Charlus à Marcel Proust.

Mon ami a commandé pour son grand salon, où il recevait des députés de la chambre et des professeurs réputés, plusieurs de mes dessins représentant des vues de Paris. Il trouvait la précision de mon regard fascinante. Jamais personne ne m'a autant donné envie de travailler. J'ai beaucoup peint dans les rues autour du Sacré-Cœur de Montmartre où la famille Nézière possédait son hôtel particulier. La basilique ne m'intéressait pas. Je la jugeais spirituellement hideuse, mal proportionnée. Je furetais, heureux et libre, autour de la rue Yvonne-le-Tac. Aujourd'hui, je ne sais pas où sont passées ces dizaines de dessins.

Le 15 décembre 1937, Joseph est parti quelques mois pour New York afin de préparer la décoration du pavillon français à l'exposition universelle de 1939. Je ne m'attendais pas à ce départ.

La guerre l'a empêché de revenir en France. Il s'est installé en Martinique puis au Maroc. Et la mort l'a fauché dans son sommeil à Casablanca le

15 avril 1944. Je ne l'ai jamais revu depuis l'hiver 1937 à Paris. Joseph est enterré au cimetière de Passy. Le courage m'a manqué pour aller me recueillir sur sa tombe.

Pourquoi rester à Paris ? La solitude me pourchassait. J'avais voulu lui échapper ; elle ne l'entendait pas de cette oreille. Un sentiment s'était brisé. Je m'inclinais. Il y avait peu d'explications à donner.

Je suis revenu à Bourges le 22 décembre 1937 pour m'y installer définitivement. Marcel Pinon savait tout ; il m'a proposé une loge de jardinier dans le parc de sa maison appelée joliment « La Taupinière ». Le refuge était parfait. Je reconnaissais sa délicatesse habituelle. Inutile de faire un autre choix, inutile d'ajouter de nouvelles souffrances, inutile de partir sur de nouveaux chemins. Une cabane au fond d'un parc, loin de Paris, c'était un éden pour le marginal que j'étais.

La famille Réty possédait un commerce d'encadrements et de fournitures de peinture. Elle accepta de prendre mes dessins en dépôt pour les vendre. Il fallait bien se constituer une petite clientèle et vivre.

11.

Lettre au vaisseau de pierre

La cathédrale régnait. Grandiose, sans partage. Habituellement, la nef silencieuse baignait dans l'obscurité. La lumière était rassemblée du côté du chœur. Elle irradiait. Le soleil du matin transperçait les vitraux avec brutalité, éblouissait et caressait sans ménagement les pierres, ses rayons inondaient les sols blancs qui disparaissaient sous mes yeux. J'avais le sentiment irréel d'un paradis de lumière où la poussière même n'existait plus, perdue dans des halos électriques.

Rien ne venait me troubler. Dans ces temps fragiles qui sont restés les plus beaux de ma vie, le silence s'établissait jusque sur les montagnes perdues de mon cœur de clochard.

Assis sur un banc, derrière le maître-autel de marbre, je devenais une statue. Mais une statue pensante. Dans la douceur de l'aurore, j'imaginais la longue procession des clercs d'antan, la marche royale des princes, la cohorte des archevêques, leurs mines graves, leurs sourires sentencieux, leurs yeux bouffis de vanité. Je voyais les mitres précieuses, les crosses d'or et de pierreries, les vêtements de soie des rois, les damas des ducs et des seigneurs. Dans les vieux cahiers de Mgr Charles-Amable de La Tour d'Auvergne-Lauraguais, j'avais retenu le plus petit détail de l'histoire.

Le cours de mes visions butait sur un vilain rocher : un chanoine antédiluvien passait. Ces êtres de malheur traînaient dans les plis de leur soutane l'ennui désagréable des fats ; et mon conte pour enfant sage agonisait sous les pas traînants des punaises du bon Dieu.

Je devais me rendre. Ma belle cathédrale était morte. La lumière dansait sur les pierres, les piliers s'élevaient dans le ciel, les bleus s'évadaient mais le palais de Dieu avait rendu l'âme. Le miracle de pierre avait été construit par des chevaliers héroïques qui ne connaissaient pas les châteaux de sable. Maintenant, l'Esprit Saint était entre les mains souffreteuses de bigotes acariâtres. La sarabande mystique s'achevait dans des bâillements louis-philippards.

Il restait mes doux hivers. En janvier, vers dix-sept heures, venait le temps de l'heure bleue quand la lumière caressait timidement les piliers, virevoltait et recouvrait la plus petite ardoise de sa plainte mélancolique. C'était le temps béni, le luxe de la solitude qui me tenaient lieu de prière.

Combien de fois mes pas m'ont-ils conduit vers la cathédrale ? J'entendais ceux des sacristains qui s'affairaient. Ils nettoyaient les bougeoirs de la statue d'argent de Notre-Dame. Parfois, l'organiste répétait des morceaux avant de rejoindre sa maison. Les échos du dehors s'écrasaient contre les murs. Jamais je n'avais autant le sentiment de vivre que dans ces instants de grâce.

Je rêvais que j'étais seul dans la ville ; autour de la cathédrale, les hôtels et les immeubles étaient vides. Hélas il y avait toujours le son grave et solennel des cloches pour me rappeler que le temps ne s'était pas arrêté.

Chaque petit matin d'automne, mes impressions étaient plus vives dans les jardins de l'archevêché. Un minuscule brouillard courait sur les pelouses et les massifs de fleurs. Les chrysanthèmes et les pensées dessinaient des lignes subtiles, leurs parfums froids de mort se mêlaient aux dernières notes délicates des roses. J'étais un étranger dans la brume. Vers huit heures, un bedeau finissait toujours par traverser les allées pour ouvrir le portail de la cathédrale. Il se demandait ce qu'un pauvre malodorant pouvait bien faire à contempler sans cesse les belles choses. En temps normal, le réprouvé ne peut rencontrer le beau. Il a le droit de vivre avec les taupes ; pour lui, c'est déjà beaucoup, pense le bourgeois monstrueux.

En été, on me retrouvait au même endroit. Les hortensias formaient de charmantes boules mauves et bleues. Les petites gouttes de rosée se perdaient trop vite sous les premières bouffées de chaleur puis les géraniums rouges s'enflammaient au soleil.

Un jour, à la fin du printemps 1975, je me suis installé sur un banc de bois près du chevet et j'ai composé une lettre amoureuse à la cathédrale :

Saint-Étienne de Bourges, ô magnifique église... Ce matin, les rues sont désertes autour de toi. Depuis le jardin de l'archevêché, tu es suspendue, flottante. Tu voles dans le vent. Je te regarde, je sais chaque pierre, chaque vitrail, chaque arc-boutant. La tour de Beurre, la tour Sourde, le pilier butant, le grand Housteau, le portail du Jugement dernier, la colombe de la rosace, les iris de Charles VII, je les connais mieux que tous ceux qui t'ont aimée.

Je ne crois pas en Dieu, je n'ai pas la foi ; par beau temps, je suis agnostique. Dans ces conditions impossibles, peux-tu m'aimer ? Je supporte mal les hommes d'Église couards, vaniteux et sournois. D'ailleurs, je ne comprends pas la phrase de Stendhal qui avait eu ces mots en te visitant : « Le voyageur qui erre entre ces immenses piliers est saisi de respect : il sent le néant de l'homme en présence de la divinité. » Je trouve cette pensée étrange puisque je préfère le progrès, la science et la raison. Au Moyen Âge, la cathédrale était à l'avant-garde. Dieu, quelle décadence aujourd'hui les jours de processions beuglantes !

Les Te Deum *orgueilleux et cyniques n'ont pas eu raison de ta lumière envoûtante. Je ne me défais pas des heures bénites où ta nef est plongée dans une semi-obscurité tandis que le chœur se gorge d'une lumière maternelle qui succombe aux rais rougeoyants de tes vitraux. Les lustres en bronze et la grande couronne du sanctuaire magnifient tes effets d'éternité.*

Combien d'heures passant si vite suis-je resté extatique devant la façade occidentale ? Aujourd'hui encore, je demeure béat quand j'observe les reflets changeants de tes pierres. Assis sur le pavé, je scrute le théâtre-cathédrale, ses décors qui changent sans cesse, ses miroitements à se damner. Le soir, à l'instant où le soleil tombe, un voile doré descend sur le Jugement dernier. Qui aurait peur quand tout se couvre d'une poussière d'or ?

Un jour, je suis parti pour vivre à Asnières. Loin de toi, je ne pouvais plus contempler la chute de l'étoile jaune. Tu aurais pu me bouder. Mais tu pardonnes tout, les prières sottes, les évêques sans âme et les clochards infidèles.

J'aime marcher sans fin dans tes travées. Je veux être seul. Tôt le matin, je me précipite à l'ouverture des portes sacrées comme les ouvriers pointent aux portiques des usines. J'ai en sainte horreur les bourgeoises qui m'accompagnent pour vomir leurs dévotions pusillanimes. Le chapelet dans une main, le missel dans l'autre, elles ont toujours l'air de vouloir se protéger des attaques diaboliques. Ah, pourquoi les légions du ciel prennent-elles continuellement le visage de mégères méchantes ? Elles trottent comme de vilaines bestioles toutes de noir vêtues. J'aime leur faire peur. Dès qu'elles me voient, elles tournent les talons et hâtent le pas. Je ris en imaginant les propos terribles qu'elles tiennent sur moi en compagnie des chanoines ventripotents du chapitre. Je n'en ai cure !

Je rends hommage aux grands architectes du temple ; les petites mouches qui déglutissent des prières incompréhensibles me laissent de marbre. La prière ne m'intéresse pas. Qui peut croire des idioties mal cuites ? Le dimanche, sur le parvis, le clergé se pavane en dentelle, perdu dans des orgies de tissus précieux, au milieu de la bonne société. L'archevêque, Mgr Joseph Lefebvre, balade sa tête bouffie d'idiotie. Avec ses lunettes cerclées, ses doigts potelés, son anneau épiscopal surmonté d'une grosse améthyste, il ressemble aux ducs et pairs abâtardis. Il n'aime pas l'art et préfère ses dossiers de petits télégraphistes. Je veux parler de ces hommes qui ont donné leur génie pour construire un édifice superbe. Maintenant, ils servent à des gens sans cœur qui viennent exhiber des croyances malsaines.

Pourquoi croire en Dieu ? J'ai trop vu le malheur des hommes pour m'arrêter sottement à des mythes. La vie est injuste et aucune puissance dans les nuages ne viendra nous aider. J'ai vu la misère des prostituées dans les rues d'Avaricum, la solitude des familles sans le sou, les pères alcooliques, les femmes battues, les enfants abandonnés de l'Assistance publique. L'Église ne fait rien. Elle prie, et ses formules lancées vers le ciel restent sans réponse. Comment s'en étonner ? Les orphelins veulent des jeux, des rires, des gorgées d'espoir. Ils n'ont pas besoin de la commisération lugubre des dames patronnesses.

Mais toi, ma belle cathédrale, tu es fidèle. Tant qu'il y aura des hommes, ton visage sans ride, ton chœur tourné vers l'Orient, ta voix mystérieuse ne changeront jamais.

12.

L’amour d’une mère

Pauline-Marguerite-Françoise Mulet a vu le jour un 5 juillet 1883 dans un village appelé Faverdines qui se trouve au sud du département. Ses parents, d’honnêtes métayers, n’avaient aucune fortune.

Guite me parlait souvent de cette enfance triste qu’elle avait eue dans une ferme perdue au bout d’un chemin que personne n’empruntait jamais.

Le lieu-dit s’appelait La croix de la morte. Un jour, une bergère gardait ses moutons. L’orage arriva vite et elle fut foudroyée par un éclair alors qu’elle s’était réfugiée sous un vieux marronnier. En sa mémoire, les gens des environs avaient élevé une modeste croix de pierre. Ma mère avait grandi dans cette solitude qui n’incitait pas à la joie. La maison était isolée, chaque matin elle devait marcher pendant six kilomètres, chaussée de sabots de bois, pour rejoindre l’école communale ; l’hiver, pour protéger ses petits pieds de la neige, elle plaçait de la paille et des bouts de vieux journaux à l’intérieur.

Avant la rencontre avec mon pauvre père, avant l'étrange mariage, avant le consentement devant ce Dieu perdu qui n'a jamais regardé sa souffrance, il y eut des bonheurs fugitifs : l'amour de son propre père qui travaillait dur, les grandes courses dans les sentiers de la forêt, les fleurs sauvages, la vie avec les moutons qu'elle gardait après la classe.

Les silences, les humiliations, les embardées ont suivi. Je n'ai jamais vu d'amour dans la vie de mes parents. Mon père ne parlait pas ; il n'ouvrait la bouche que pour débiter de basses récriminations.

Ma grande sœur, mon frère et moi étions les témoins impuissants d'une sombre histoire. À la maison Bascoulard, le ciel bas et lourd pesait comme un couvercle sur nos esprits gémissants en proie aux longs ennuis, et de l'horizon embrassant tout le cercle, il nous versait un jour noir plus triste que les nuits, comme aurait dit Baudelaire.

Je venais voir Guite chaque jour à hôpital psychiatrique de Beauregard. Dieu sait que j'ai détesté ce bâtiment vaste et glauque, ses jardins inanimés, sa prison médicale, ses infirmières qui ressemblaient à des mouches blanches.

Là-bas, le temps n'avait plus cours. Les horloges hurlaient de drôles de tintements qui ne voulaient rien dire. Le sablier ne s'arrêtait jamais ; les grains tombaient indéfiniment dans le vide. J'entendais des cris, des hurlements, des coups. Beauregard était un cimetière où les morts erraient sans fin dans la nuit lugubre.

Guite était forte car j'étais en vie. Elle résistait.

Pendant la guerre, le destin criminel voulut montrer qu'il aurait le dernier mot. Les Allemands ont décidé sans crier gare qu'ils avaient besoin des murs de l'hôpital. Maman fit partie des réprouvés déplacés à Limoges.

Un jour de janvier 1944, je suis venu lui rendre visite une dernière fois à Beauregard. Elle m'a regardé longtemps en caressant mes petites mains. J'avais fait un effort en m'habillant d'un joli costume repassé, après un passage aux bains-douches municipaux et chez un ami coiffeur de la rue Calvin qui avait accepté de s'occuper de mes cheveux.

J'étais arrivé avec une pochette pleine de dessins. Dans le parloir, maman a scruté chaque détail. Elle avait toujours manifesté une préférence pour mes vues de la prairie Saint-Sulpice et celles de la butte d'Archelet. Je crois aussi qu'elle aimait les dessins de la cathédrale lointaine qui surgissait, fière et souriante. Elle rêvait devant les petites maisons ouvrières. Dans le morne parloir, je savais qu'elle pensait au plaisir que ses doigts n'avaient jamais effleuré.

Nous nous sommes quittés, et je n'avais pas conscience que ce pouvait être la dernière fois. De son côté, elle savait que nous ne nous reverrions jamais.

Maman partait à l'abattoir. L'amour qui survivait avec mes visites disparaissait. Il resterait la barbarie parfaite des médecins férus d'expérimentations cachées, des infirmières glaciales, des surveillantes irascibles. Le bout du chemin arrivait, on continuait à la juger folle. La compassion, la pitié, voilà des rivages lointains dont elle ne connaîtrait pas la lumière. Il fallait supporter, souffrir et crever.

Le 1er juin 1944, vers deux heures du matin, Pauline-Marguerite-Françoise Mulet est morte. Son cœur s'est arrêté de battre. Maman a quitté notre monde car elle ne me voyait plus. J'étais sa seule raison de vivre. Le jour de son enterrement, il n'y eut personne dans la chapelle de l'hôpital. Un prêtre et ses frères les croque-morts – ah, la sainte famille ! – officièrent benoîtement. Le corps Mulet repose dans le quartier des indigents du cimetière de Louyat à Limoges. Le livre noir se refermait.

J'ai su le décès plusieurs semaines après la crise cardiaque qui a fermé ses beaux yeux bleus.

Je suis parti seul en pays limousin pour voir la misérable tombe de ma mère chérie. Ce 7 octobre, le ciel vitreux annonçait les premiers froids d'un automne précoce. J'ai pris le train à Bourges pour un long voyage de onze heures qui m'a d'abord conduit à Orléans puis à Poitiers. À mon arrivée, le cimetière était désert. J'ai marché au hasard dans les longues allées mais je savais que je trouverais la tombe sans rien demander à personne. Après plusieurs détours, j'aperçus enfin le nom de maman sur une croix de bois. Sur l'insignifiant talus de terre, une gerbe de fleurs. Qui pouvait fleurir la tombe solitaire avant que le temps ne soit passé ? Le destin de Guite avait ému un médecin. Je ne le connaîtrais jamais.

J'ai repris la route de Bourges, l'esprit plus léger. Je savais qu'une âme charitable avait pris soin de maman à la fin de sa vie. Maintenant, elle était peut-être au ciel.

Oh, certes, elle n'allait pas beaucoup à la messe. Mais elle croyait en Dieu. À Vallenay, nous étions fidèles à la fête des Rameaux et à celle de la Toussaint.

Dans la poche de sa blouse noire, il y avait toujours un chapelet aux grains blanc immaculé.

13.

La guerre m'est étrangère

Les soldats allemands sont entrés. Le 19 juin 1940, ils ont pris possession de la ville. L'Occupation ne fut pas un moment facile, et nous avons dû attendre longtemps la libération de Bourges le 6 septembre 1944.

Triste temps de privation, de larmes et de pauvreté. De mon côté, j'ai voulu continuer mes dessins.

Le 17 janvier 1959, j'ai fait une déclaration au commissaire de police qui m'a arrêté : *Si je me promène en tenue féminine, c'est que je trouve cette tenue plus esthétique. Pour les besoins de l'art, lorsque je revêts la tenue féminine, je prends avec moi mon appareil photographique et fais des clichés de moi-même par des gens de connaissance. C'est depuis la fin 1942 que j'utilise de temps à autre des costumes féminins pour me promener à Bourges. Lecture faite, persiste et signe.* Le procès-verbal gardera toujours la trace de mon manifeste vestimentaire. J'en suis heureux.

J'ai imaginé mon travestissement comme une manière personnelle de résister à ces étranges soldats d'outre-Rhin. Leur manière sotte, leur claquement de bottes m'insupportaient. Je voulais continuer à circuler librement et dessiner à ma guise. Bien sûr, je comprenais qu'ils ne l'entendaient pas de cette oreille. Ces idiots n'avaient que faire de mon désir de peindre la cathédrale les nuits de pleine lune.

Un jour, j'ai décidé de faire des images de locomotives près des entrepôts de la gare. Les forces de police sont venues me signifier que mon comportement était répréhensible, et elles m'ont conduit dans un commissariat proche des voies de chemin de fer. Puis les bougres m'ont enfermé dans la prison du Bordiot. Quelle joie parfaite !

Ma cellule donnait sur les rails. Je n'avais pas de papier, mais par chance, je possédais un gros crayon noir dans la poche de mon sac à main. J'ai commencé un dessin sur le mur blanc crasseux de la cellule où la perspective sur les trains était admirable. Je ne voulais pas quitter les lieux tant que mon travail ne serait pas achevé. Il m'avait fallu toutes les peines du monde pour tracer les premières lignes. J'étais loin d'avoir fini de dessiner les grosses machines qui étaient juste en bas de ma fenêtre quand Justin Bichon, le gardien, est venu me signifier la fin de ma courte peine et mon ordre d'élargissement. L'officier pénitentiaire devait être fou pour m'ordonner de quitter la prison avant que j'aie achevé ce sacré dessin ! Je protestai derechef qu'il me fallait encore une après-midi… J'ai gagné le combat ! En début de soirée, mon tableau était achevé.

J'ai appelé le pauvre Bichon qui n'en revenait toujours pas. Il a pu constater que mon travail pictural était fini. Je lui ai dit : « Voilà, mon ami. Le dessin est bon. Je veux bien sortir et retrouver la liberté que vous me proposez. »

On m'a dit que les détenus ont pris soin du dessin. J'ai laissé une trace qui ne s'est pas effacée. Les pauvres prisonniers vivent peut-être mieux grâce à mon coup de crayon. Si seulement j'avais eu des crayons de couleur ce jour-là.

En pensant à la guerre, je revois mon premier tricycle. On me tenait pour fou. Je trouvais au contraire que c'était la façon la plus commode de transporter le matériel de dessin. Le tricycle correspondait à ma conception du métier de peintre : l'homme qui voit tout et que la société admire en s'inquiétant de ses fulgurances. J'avais demandé à la maison Narcy frères, place Gordaine, à l'angle de la rue Bourbonnoux et de la rue de la Poissonnerie, de fabriquer ce nouveau vélo selon les plans que j'avais réalisés. Plus souvent qu'à mon tour, j'ai fait des dessins à l'encre de Chine dans l'arrière-boutique de mes amis. Leur maison à colombages était ma préférée.

Les Allemands me prenaient pour un espion, persuadés que mes longues blouses dépenaillées contenaient des papiers et des plans secrets pour la Résistance. Dans le pays de ma mère, du côté du bois de Bornacq, il y avait des maquis. J'admirais le courage, l'héroïsme de ces hommes qui prenaient tant de risques. La *Feldkommandantur* dans l'ancien hôtel de ville, le couvre-feu de vingt heures à cinq heures du matin, les affiches placardées, les croix gammées, notre célèbre terrain d'aviation d'Avord occupé par les bombardiers allemands, la ligne de démarcation qui coupait littéralement le Cher en deux zones, ce furent des atrocités.

Un matin de février 1943, j'ai tenu à exprimer ma désapprobation. Vêtu d'une crinoline rose, je plaçai dans mon dos un écriteau attaché par une vieille ficelle, où j'avais écrit : *J'emmerde la société.* Et je me promenai ainsi dans les rues de la Cité.

La société bourgeoise m'a toujours semblé d'un ennui sans pareil. Les mines contrites, les carrières étudiées, les *cursus honorum* mécaniques, les familles blafardes me déprimaient souverainement. Il suffisait de regarder les édiles municipaux qui sortaient de l'hôtel de ville les soirs de conseil. Les gentils costumes, les cravates bien mises, les pardessus parfaits transpiraient la bienséance stupide.

Cette patine avait pris un tour nouveau avec l'arrivée des Prussiens. J'étais content de savoir que les bourgeois ne pouvaient plus manger à leur faim. Mais s'il fallait supporter comme autrefois les gens bien nés, satisfaits d'eux-mêmes, les occupants en uniforme vert sombre assombrissaient encore le pitoyable tableau.

Je ne trouvais rien à redire à la baisse des prix de mes dessins. L'argent ne m'a jamais intéressé, et je ne me souvenais plus vraiment des sommes qu'on m'allouait avant la guerre.

Je ne pouvais pas devenir résistant : je ne connaissais pas le maniement des armes. J'étais un artiste. Mon arme était la provocation. Un matin, en pleine rue, j'ai installé un morceau de bois. Je suis monté dessus et j'ai crié : « Voilà la France libre ! » Si des soldats m'avaient vu, les portes de la prison se seraient refermées sur moi…

Je voyais la misère des prostituées d'Avaricum. Les Allemands quittaient parfois leurs chambres sans payer. Certaines étaient battues. Ma douce amie, la belle Hortense, avait vécu l'enfer. Elle n'avait pas voulu garder l'enfant qu'un officier nazi lui avait fait. Un soir de janvier, les larmes aux yeux, elle est partie à Sancerre pour avorter et la chose se passa mal ; nous ne l'avons jamais revue. Hortense a été enterrée en cachette dans le cimetière de cette ville perchée où elle ne connaissait personne. Les temps étaient impossibles. Quelques jours après sa mort, on guillotina Marie-Louise Giraud, la faiseuse d'anges, dans une cour de la prison de la Roquette. L'horrible maréchal Pétain refusa de la gracier.

J'étais désespéré. Pour moi, la guerre a toujours gardé son visage délicat et douloureux. Me souvenir de la guerre, c'est penser à Hortense.

14.

Voyages secrets

Avant de partir en train, je me lavais dans les ruisseaux alentour, après une visite rapide chez mon coiffeur de la rue Moyenne. À la gare de Bourges, une aimable guichetière qui me vendait des billets pour la gare d'Austerlitz avait pris l'habitude de pratiquer quelques réductions sous le manteau.

Je collais mon nez à la vitre, assoiffé de paysages. Le brouillard dans les fonds du Nivernais, les paysages gelés près de Fontainebleau, les clochers solitaires sur les bords de la Seine ne m'ont jamais inspiré le plus petit dessin. J'avais offert mon cœur au Berry et je désirais lui être fidèle. J'admirais ces beautés pastorales mais je pressentais qu'elles étaient moins éternelles que dans les romans qui nous berçaient d'illusions. Sur ma terre, au centre de la France, je voulais croire que le temps s'était arrêté plus facilement.

Voilà que je débarquais à Paris où je marchais sans fin dans les rues à la recherche des bouquinistes des quais de la Seine. Aucun d'entre eux ne devinait ma pauvreté mais par un coup du hasard, ou de la bienveillance, ils me faisaient souvent l'amitié de me donner des grammaires, des pièces de théâtre, parfois des revues de mode.

Je me sentais loin de tout. Certes, je trouvais la nourriture de mes rêves mais je n'aimais pas cette ville. Paris est la cité matérialiste par excellence, l'ennemi masqué des poètes. Il m'arrivait de jeter un coup d'œil distrait aux dessins des peintres de mon âge. Rien ne me satisfaisait. Tous les tableaux avaient la même allure ; même technique, même couleur, même imaginaire recuits.

Le tumulte incessant avait le charme de la liberté, d'une vie toujours tremblante. Mais je prétends qu'on ne peut pas être en paix dans une ville si puissante. Les passions vagabondes, les baumes sensuels et les phares éblouissants dévorent un homme plus vite qu'on l'imagine. Je ne serai jamais de ce monde nerveux. Sans me l'avouer, je venais observer une vie étrangère.

Il ne faudrait pas croire que j'allais si souvent dans la capitale. Quatre ou cinq fois en quarante ans tout au plus.

Le vrai voyage, c'était Sancerre, en juillet, et de bon matin, dans la cité perdue sur son promontoire au milieu des vignes, avant que la chaleur n'écrase les odeurs délicates.

Je prenais l'autocar qui partait de Bourges vers six heures. Nous traversions la Champagne berrichonne, la grande mer des champs de blé mûr qui barrait tout l'horizon. Le conducteur prenait la route qui passait par les Aix-d'Angillon, puis Saint-Céols, un bourg modeste dont la mairie ressemblait à une maison pour petites filles modèles qui me faisait sourire. La route droite, sans méandre, comme dans un paysage américain, rendait le voyage confortable. Il y avait souvent avec moi des familles de riches vignerons venus quelques jours à Bourges pour des affaires commerciales et qui rentraient gentiment au pays.

Soudain, le mont sacré de Sancerre apparaissait, prélude à ces visions salvatrices, ces communions telluriques, ces libérations magiques que l'Église voulait bannir à grands coups de goupillons humides.

Entre mille, je reconnaissais l'odeur épicée des cépages sur les sols calcaires et les terres siliceuses. À l'heure de l'angélus, je me perdais dans les collines qui entourent Chavignol. J'étais fasciné par ces rangs de vignes qui s'étendaient à l'infini juste au-dessus du petit hameau où on entendait les chèvres dissipées avant la traite. Au loin, je voyais la Loire qui s'étirait langoureusement, puissante, généreuse, dans les terres sablonneuses. Qui pouvait résister à son charme ? La Loire avait tous les droits. Elle décidait en souveraine. Même les forêts n'y pouvaient presque rien. Son appétit de pouvoir égalait celui de l'orgiaque Catherine II de Russie. La Loire pouvait dévorer qui elle voulait.

À l'époque de mes voyages, les raisins commençaient à mûrir sous les noirs rayons du soleil. Les gros bouquets de rosiers que les vendangeurs plaçaient à l'entrée de chaque rangée pour repousser les pucerons étaient pareils à des chiens de berger qui gardent les troupeaux.

Hier encore, c'était le printemps ; on espérait comme des adolescents. Puis, sous la chaleur de l'été, à Sancerre, la vie s'arrêtait. Je cherchais cette torpeur, ce moment où les paysages et les hommes deviennent statiques. L'immobilité était le but véritable de mes pèlerinages laïcs.

15.

La passion des robes

Je lisais les magazines, *ELLE*, *Marie-Claire*, *Votre mode*, et j'admirais les robes de Balenciaga et de Dior. L'idée de Gabrielle Chanel de faire entrer le vestiaire masculin dans celui des femmes ne me plaisait pas beaucoup. En revanche, je faisais grand cas de sa vie héroïque à l'abbaye d'Aubazine ou chez les dames chanoinesses de Moulins face à tant d'épreuves douloureuses. Paco Rabanne, Pierre Cardin et André Courrèges ne faisaient que des horreurs. Ils déguisaient les femmes selon leurs idées folles et avant-gardistes.

J'auscultais les patrons, je dessinais moi-même quelques croquis. Je les donnais à mes amies couturières, avec des instructions précises sur le tombé du tissu, le choix de la ceinture, et la longueur de la robe, presque jamais de jupes, que je n'aimais pas trop. J'accordais un soin obsessionnel au décolleté qui était invariablement carré car je trouvais cette coupe plus élégante, en indiquant aussi le choix du tissu que j'achetais chez Pierre et Annette Lanz. Je les retrouvais le samedi au marché de la halle Saint-Bonnet à l'heure où l'on commençait à remballer les belles marchandises. Personne pour nous importuner alors. Nicole, leur fille, était ma couturière préférée. Elle avait bon caractère et pardonnait mes exigences. Quand je me suis mis à commander des manteaux en skaï, ces douces amies ont froncé les sourcils. Car je ne pouvais trouver une matière plus difficile à couper.

Les petites sœurs de la congrégation du Bon-Pasteur se chargeaient de la réalisation des robes à crinoline en taffetas rose, vert pâle ou jaune thé. Elles louaient mon choix de ne pas dessiner de pantalon pour les femmes. Je leur ai caché d'autres croquis. Les filles du ciel auraient été horrifiées par les choses érotiques.

Je possédais quatre appareils photo, un Kodak Retina, un Bencini Condor, un Polaroid 900, et un Leica réservé à mes images de mode. Je posais avec mes robes dans les champs, dans les greniers, les rues, partout, à dire vrai ! Il m'arrivait de réaliser ces clichés seul, par la grâce d'un retardateur automatique. Sinon je demandais à Robert Langeron qui était rue des Beaux-Arts, ou à Roger Triboudet, rue Bourbonnoux. Ces deux photographes de métier officiaient la plupart du temps pour des mariages ou des premières communions. Ils s'amusaient beaucoup avec moi en oubliant un moment la monotonie du quotidien idiot fait de pièces montées et de garçons modèles, brassards blancs au bras. Quand je venais à me voir dans le reflet d'un miroir, revêtu d'une robe, je leur disais très sérieusement : « Attention, je ne veux pas devenir ridicule ! » Ils partaient dans de grands éclats de rire.

Les forces de l'ordre ne riaient pas d'aussi bon cœur. Combien de drames mes robes n'auront-elles pas causés... Ce rapport de police de 1950 était édifiant ; un pauvre brigadier dénué de la moindre méchanceté écrivit avec le style propre à sa profession : *Le samedi 27 mai courant, passant vers dix-huit heures quarante-cinq rue Porte-Jaune, j'ai remarqué un rassemblement de personnes au carrefour des rues Porte-Jaune et de la Grosse-Armée. Il s'agissait de curieux autour du nommé Bascoulard, artiste dessinateur, clochard bien connu du personnel de la police. Cet excentrique était vêtu d'un corsage blanc de femme, ainsi que d'une longue jupe noire lui descendant jusqu'aux pieds.*

Je passais tant de bons moments avec ma douce Marguerite Bruère, épicière rue Mirebeau, que j'oubliais vite ces soubresauts policiers. Nous faisions des photos dans l'arrière-cour de sa boutique ou dans son salon. Quelques heures, elle délaissait les tablettes de chocolat Poulain ou les fromages de vache des fameuses laiteries d'Orval.

Je distribuais mes photos dans les rues de Bourges. J'avais le désir fou de changer les garde-robes. Toutes ces femmes mal habillées dont les placards regorgeaient de vilains tissus me désolaient. Les dernières tendances n'allaient pas en s'améliorant. Mes créations, peut-être naïves, me rappelaient l'allure impeccable des dames du château de Lignières.

Je ne sais pas ce que deviendront mes photos. J'en ai donné un nombre incalculable. Elles s'envoleront comme des oiseaux qui partent vers les pays chauds ; il n'en restera aucune trace.

Il y eut aussi un drame ce jour d'octobre 1957 ; Christian Dior nous a quittés sans crier gare. Le départ d'un dieu est toujours un drame. Je l'admirais pour sa mesure exacte des choses. Les revues et les journaux ont fait justice à son travail d'orfèvre.

Certaines lignes avaient mes faveurs. « Corolle », avec ses robes si fines qu'elles semblaient retenues au corps par la seule magie des croquis du couturier, d'une précision inouïe, « Trompe-l'œil » où les bustes s'envolaient dans les airs, portés par d'immenses cols, « Milieu du siècle » qui proposait une rigueur du vêtement respectant les lois et les principes de l'architecture, « Sinueuse » qui démontrait que Dior était un homme heureux, « Tulipe » dont les coupes ouvertes rendaient hommage à la reine trop peu aimée du printemps, et « Fuseau » où la contrainte n'existait plus, dans un exercice qui approchait la perfection. Il n'y aura jamais plus grand artiste du tissu que cet homme. Quand je levais mes yeux sur ses robes, j'avais l'impression que le monde tremblait.

Christian Dior était un poète généreux, son visage le montrait, doux, ses amis le disaient, et délicat, sa vie en attestait. Les hommes meurent comme ils ont vécu. On ne peut pas s'étonner que le couturier soit parti foudroyé par une crise cardiaque en Toscane. Un cœur qui a trop donné se bronze et s'effondre sans dire un mot, loin de ses terres habituelles. Il fallait partir car il était temps. Un soir ou un matin, peu importe.

Un jeune inconnu, son assistant, lui succédait. On le vit apparaître à un balcon comme un prince perdu dans son nouveau palais trop grand pour lui. Yves Mathieu-Saint-Laurent avait appris de son maître, la collection « Trapèze » était un coup d'éclat. Mais je sentais chez le jeune Oranais une étrange liberté qui m'inquiétait.

16.

Intérieur disloqué

Je reconnais sans peine que les meubles de mon intérieur sont curieux. J'ai vécu parmi des cageots, des bouteilles en plastique vides, des boîtes de sardines noircies par le feu, des os de lapin ou de poulet, des vieux chiffons, des journaux déchiquetés... Les journalistes qui sont venus chez moi, poussés par une curiosité malsaine, le savaient bien. Je me souviens de Louis Carraz qui travaillait pour *La Nouvelle République.* Il avait voulu se faire remarquer en écrivant que ma maison était un « tonneau de Diogène ».

J'ai pris l'habitude de me contenter de peu. Je montrais quelques prédispositions. On ne peut pas traverser une vie misérable sans un feu intérieur qui permet d'accepter un quotidien fruste. Cette force me vient de mon enfance paysanne. En ce temps-là, dans le Berry, les hommes de la terre ne possédaient rien. J'ai gardé l'âme janséniste de ces vies arides qui sont comme celles des gardiens de phare qui ont abandonné femmes et enfants.

Je n'avais pas de cabinet de toilette au fond du jardin, pas d'eau courante. Les chats jouaient souvent avec mon morceau de savon qui traînait dans les papiers moisis. Pour déféquer, j'avais un tas de fumier au fond du champ, près d'un joli tilleul qui sentait bon au début de l'été. Dans un recoin de l'arbre, il y avait toujours quelques feuilles de journaux jaunies, pas trop rêches pour me nettoyer.

Des commerçants se sont plaint des odeurs que je laissais en passant dans leur boutique. Il m'est arrivé d'être mis à la porte à coups de balai ; vous pouvez me croire, la chose n'était pas agréable.

La manie de lacérer les blouses que j'achetais au marché avait aussi de quoi faire peur. J'aimais voir les manches tomber en lambeaux. De mon point de vue paradoxal, le tissu qui grenouillait était plus élégant. Les moqueries des enfants me peinaient plus que toutes les remarques acerbes des adultes. Quand je m'arrêtais à la ferme la Taverne, sur la route de Saint-Doulchard, pour me fournir en œufs et en lait, je laissais toujours sur le rebord de la fenêtre des chocolats et des pâtisseries pour Lucien, le fils des paysans.

Souvent, j'attendais la fin de la journée pour entrer chez mes commerçants préférés. Je ne voulais pas déranger. Je n'aurais pas supporté de savoir que des clients avaient déserté les lieux à cause de moi.

À Versailles, on se couvrait de parfums. Louis XIV utilisait des senteurs à base de civette et de musc. Je n'avais pas envie de l'imiter. Pourtant, je faisais des efforts. Deux ou trois fois l'an, j'allais aux bains-douches municipaux. Ces ablutions ne me plaisaient pas. Si les besoins de l'hygiène devenaient urgents, je préférais le cours tranquille d'une rivière. Je n'aimais pas le contact de l'eau sur ma peau. Les hommes du Moyen Âge avaient raison : tous les microbes se transmettent par l'eau. Mieux vaut éviter son contact.

Dans les vestiaires des bains-douches, je rencontrais trop de clochards. Ces gens n'étaient pas drôles. Nous n'avions rien à nous dire. Et ils n'avaient aucune culture. Ils ne m'aimaient pas, persuadés que j'avais une fortune accumulée grâce à mes dessins. Un jour, j'ai dû arrêter d'aller lire le journal dans le hall du *Berry républicain*. Parbleu, il y avait beaucoup trop de sans-abri qui venaient prendre des nouvelles !

17.

Le vilain B.

Raymond Boisdé a été élu maire de Bourges en 1959. Pendant dix-huit ans, le bourgeois gentilhomme, sourcilleux et retors, dirigea la ville en bon père de famille. Dans les honorables maisons, on aimait cet homme qui ressemblait à un stoïcien.

L'hypocrisie n'a jamais empêché de déguster un poulet rissolé le dimanche. Boisdé, en capitaliste accompli, aimait faire des différences entre ses nombreux enfants. Il y avait les têtes blondes chéries et les vilains petits canards. Les beaux rejetons étaient couverts de cadeaux, on les mettait entre les mains des professeurs patentés du lycée Sainte-Marie. Les autres, les mal-lotis, devaient faire contre mauvaise fortune bon cœur. Et les pauvres avaient intérêt à faire preuve de courage et de persévérance pour s'en sortir.

J'appartenais à la dernière des castes, ceux qu'on regardait en se pinçant délicatement le nez.

Le 18 avril 1964, jour béni des dieux, l'inauguration de la maison de la culture de Bourges par le ministre André Malraux fut l'apothéose du bon papa Boisdé. Puis, au cœur du printemps, le 14 mai 1965, le général de Gaulle vint humer le parfum de la ville et célébrer une seconde fois la Maison. Dans la presse, le peuple put lire des discours enflammés à la gloire de la culture. On se pressait, on se pâmait, on s'inclinait dévotement devant le grand Charles. Visages altiers, regards embués par des émotions qu'on tenait à exhiber, gestes civilisés, costumes neufs, colliers de perles, trépidation de joie, pamoison, dents blanches. La haute société du département communiait d'extase.

Je ne comprenais rien.

Raymond Boisdé m'avait poursuivi plusieurs fois d'une vindicte de religieuse contrite. Je ne correspondais pas aux canons de sa beauté. Par l'intermédiaire des messieurs de la police municipale, on me traquait sans vergogne pour mes tenues féminines.

J'aurais été tout prêt à confier quelques dessins à des amies couturières... Et nous aurions confectionné les plus jolies robes aux mesures de Boisdé. Il aurait pu les revêtir les soirs de conseil municipal ou pour assister aux offices solennels à la cathédrale. Le cardinal Lefebvre portait bien de beaux manteaux rouges, lui. Sa *cappa magna* était coupée dans des tissus de soie moirée. Pourquoi le maire ne l'aurait-il pas imité en revêtant des tenues fleuries confectionnées par mes soins ?

Boisdé et sa clique hautaine méprisaient les petites gens. J'étais partisan de la dérision. Face aux chicanes de ceux qui possèdent tous les pouvoirs, il faut savoir opposer l'ironie mordante, le pastiche moqueur, la comédie drolatique. L'arme suprême pour faire tomber les coffres-forts capitonnés, c'est la pirouette des clowns. Les hommes de la majorité municipale aimaient à dire qu'ils combattaient le péril communiste. Mais ils étaient eux-mêmes les artisans d'une douce dictature. Ils soutenaient les écrivains, les peintres, les sculpteurs qui entraient dans les canons du système bourgeois. Les artistes qui leur échappaient, eux, n'étaient jamais que des potiches.

Qui passera à la postérité ? Raymond Boisdé sera surpris. On se souviendra de moi longtemps après ma mort. Les apparences sont trompeuses. Mais, dans un monde de convenance, un dessinateur qui habite dans une cabane et fait sa toilette à l'abri de la sous-pente du boulanger de la rue Bourbonnoux, ce n'est pas sérieux. Quand je venais voir mes amis, j'apportais toujours des patates que je déposais dans les cendres brûlantes du four à pain. Pour le maire, mon quotidien n'était pas convenable. Si j'avais vécu dans une maison bourgeoise, et confié la cuisson de mes pommes de terre à une brave cuisinière, j'aurais été plus digne de considération.

Personne ne pouvait m'empêcher de continuer mes facéties. J'avais une façon très établie de repousser les curieux. Dans la rue, si des importuns s'intéressaient de trop près à mon travail, je me grattais en tous sens, et je clamais haut et fort : « Les puces, c'est vraiment désagréable ! »

Sans demander leur reste, ils partaient en courant. Mes petits stratagèmes étaient variés. Parfois, si le temps était ensoleillé et clément, je criais soudain : « Avec ce froid, on va tous mourir… »

Ils me prenaient pour un fou. Personne n'avait envie de passer du temps avec un original ! Mes excentricités déplaisaient souverainement. Je ne dessinais pas dans la rue pour qu'on me regarde. Réfléchissez un instant, cher monsieur B. : je me retrouvais à la vue de tous car je devais travailler. J'exerçais un métier public. Dans un monde bienveillant, on ne pouvait rien me reprocher.

J'étais un ami de la beauté. Un esprit éduqué aurait dû comprendre ce choix. Je constatais avec désespoir qu'il n'en était rien. Quelle tristesse ! Pourtant, ma discrétion aurait pu plaire au maire de Bourges. Mon souci aristocratique rejoignait le sien. L'inverse advint… On me traquait, on me soupçonnait, on m'épiait. Ce Boisdé était incohérent. Vivement que le peuple de Bourges en colère le boute hors de son bureau municipal. En 1968, Pierre Viansson-Ponté avait écrit dans *Le Monde* : « La France s'ennuie. » À Bourges, c'était pire ; on pleurait d'ennui.

De mon côté, comme Apollinaire, je voulais *tout terriblement*. Car *moi je suis noir dedans et rose dehors*.

18.

Pierre, camarade de misère

Pierre était enfant de l'Assistance publique. Il ignorait les circonstances de sa naissance.

Un prêtre pensait qu'il était le fils d'une gentille femme de chambre du château de Cornancay. Le 3 mai 1914, l'accouchement chez une sage-femme d'Épineuil s'était mal passé et il avait fallu une césarienne. La pauvre femme était morte quelques heures après avoir donné la vie. Les gens du château ne voulaient pas abandonner le nourrisson dont le vicomte Louis de Fadate de Saint-Georges ne connaissait pas le père. Mais avec la guerre, l'Assistance était encore plus sévère qu'à l'habitude ; elle avait demandé que le jeune nourrisson soit placé dans une ferme située à côté de l'abbaye de Noirlac. Pierre avait gardé des séquelles de cette brutale venue au monde. Il marchait en claudiquant, handicapé par une dysplasie des deux hanches. Le verdict était sans appel : le jeune homme ne pourrait jamais travailler dans une ferme. De désespoir, il avait commencé à boire. Depuis sa plus tendre adolescence, il n'était jamais sorti de l'alcool. Et toute sa vie il avait ressenti les mêmes douleurs lancinantes.

Il ne trouvait aucun employeur qui acceptât de lui donner un travail à la mesure de son handicap. Le jeune chétif est parti à Bourges où peu à peu il est devenu clochard.

Nous nous sommes rencontrés le soir du 21 juin 1946. La vie s'était déjà chargée d'en faire un stigmatisé que la société ne voulait plus voir. Quand je le croisais place Mirpied, il était complètement soûl. Par bonheur, le vin le rendait joyeux et Pierre parlait sans cesse. En général, les phrases souffreteuses s'entrechoquaient, les mêmes mots revenaient toujours. Ce jour-là, il évoquait les grandes fêtes qui suivaient les batteuses l'été dans la ferme de Noirlac. Plus souvent, il maudissait une nourrice qui l'avait battu parce qu'il ne parvenait pas à faire le travail domestique qu'elle lui demandait. Au souvenir de ces moments sauvages, je ne pouvais pas retenir mes larmes. Un jour, malgré la griserie, il avait perçu ma peine et il s'était mis à pleurer à son tour. Dès cet instant, je suis devenu son frère.

Pierre ne supportait pas les rigueurs de l'hiver. Contrairement à moi, il aimait les grands soleils de juillet. Mon ami avait constamment des bronchites, plus inquiétantes d'année en année. Dès les premiers frimas de novembre, il était malade. Comme il redoutait les médecins, il terminait l'hiver en lambeaux. Son visage fin et délicat devenait bouffi de fatigue. Il n'était pas ivre de vin mais de douleur, et son beau regard bleu virait au gris sale. Quand il gelait, Pierre achetait deux fois plus d'alcool. Il laissait des ardoises dans tous les cafés de Bourges qui lui pardonnaient ses écarts. Il était aimé. Pour sa gentillesse, sa souffrance, son humour, malgré l'amertume de la vie.

Au début du mois de février 1954, il fit un froid impitoyable sur le Berry. Le thermomètre descendit à moins dix-huit degrés. On ne voyait pas le bout de ce tunnel arctique. Depuis plusieurs jours Pierre ne mangeait pas. Il refusa même le grenier de ma petite masure. Voulait-il abréger son passage sur cette terre ? Je ne saurais répondre à cette question. Le 3 février, il commença à cracher du sang. Pendant deux jours, il eut des quintes de toux à fendre ses poumons de braise. J'étais fou d'inquiétude. Il dormait près d'un porche de la rue Joyeuse, sous une couverture de fortune qui devait à peine protéger son corps. Le matin du 6 février 1954, une religieuse trouva son cadavre gelé dans la rue. Pierre était un bloc de glace. Il avait quarante ans. Cette vie gâchée avait tout vu de la sottise des hommes, elle avait bien fait le tour de l'hypocrite propriété, jusqu'à se dissoudre lentement dans la haine brute.

L'hiver n'est pas fait pour les clochards. Mais comment peut-on laisser un homme mourir de froid sans sourciller ? Sommes-nous à ce point sauvages ? Avons-nous le cœur plein d'acidité bileuse ? Pierre était un homme faible ; la société n'a jamais su qu'ajouter du malheur à sa peine. Si vous êtes petit, sans grade, doux et faible, prenez garde, on viendra écraser d'un pied rageur ce qui reste de votre dignité d'opérette.

J'ai fait la liste des cafés de Bourges pour rembourser ses dettes, et payé ainsi soixante-trois bouteilles de vin. Pierre est parti sans laisser d'ardoise.

Personne ne savait où l'enterrer. J'ai dit à la mairie que la plus belle chose serait de ramener son corps à Épineuil, en caressant l'espoir qu'il ne soit pas loin d'une mère qu'il n'avait jamais connue pendant sa courte vie. On m'a écouté.

Chaque 6 février, je prends le train pour Saint-Amand-Montrond, et je vais me recueillir dans le petit cimetière du village. Je pose quelques noix sur sa tombe. C'était sa seule gourmandise d'homme abandonné.

19.

Nuit de l'élégance

Gentiment, le journaliste du *Berry républicain* avait écrit : *Je m'ennuyais parmi tant de gens d'esprit, tant de jolies femmes, et les tangos de l'orchestre scandaient langoureusement mes pensées sur le néant de l'élégance. Tout à coup, que vis-je ? Celui que j'attendais sans l'attendre, mon cher ami Bascoulard. Il entra, habillé d'un magnifique smoking, avec d'autres messieurs en noir, et alla s'asseoir à une table retenue d'avance. Je n'osais pas aller à lui, car je n'étais habillé que d'un simple complet.*

C'était une farce épatante. Mon ami Daniel Legrand, célèbre tailleur de Bourges, voulait me consoler. Quelques jours auparavant, *Le Berry* avait eu la mauvaise idée de faire un portrait de ma personne. Je n'avais pas aimé cette investigation policière sous couvert de littérature. On décrivait ma vie de manière si impudique que je me devais de réagir.

Il fallait se venger ! Daniel fomenta un coup extraordinaire. On projeta mon invitation au bal de l'élégance de Bourges. Ce soir-là, j'allais me présenter en homme du monde pour faire mentir le journal qui m'avait caricaturé sous les traits d'un clochard fantasque et asocial. Et pan, sur le bec du *Berry*.

Pierre, le frère de Daniel, coupa mon smoking avec le talent que je lui connaissais depuis longtemps. J'admirais son travail, ses mains d'or qui couraient sur le tissu, ses beaux ciseaux qui s'envolaient. Son confrère, le coiffeur de la rue Mirebeau, Louis Raponnat, s'occupa de mes cheveux qui n'étaient pas très propres.

Vendredi 10 octobre 1952 : la nuit fut charmante, drôle et digne. Les modèles défilaient près de moi. Les tailleurs, les manteaux de cocktail et les robes du soir tournoyaient sous les lustres installés pour l'occasion dans le joli pavillon du parc Saint-Paul. Cachemires, popelines, cotonnades, soies lamées, tweeds, velours n'avaient guère de secret pour moi ; le tissu que je préférais encore était la mousseline. J'avais passé des soirées entières dans l'atelier de Marguerite Auroux, mon amie couturière de la place Cujas, à toucher ces étoffes précieuses, chamarrées et bigarrées.

Les invités étaient éberlués. Personne n'aurait pu soupçonner que le clochard de Bourges, le « Diogène d'Avaricum », selon les mots affreux du *Berry républicain* que j'aurais volontiers renommé le *Berry pharisien*, connaissait les secrets d'un défilé de couture.

Comme à mon habitude, je trouvais nombre de femmes plus déguisées qu'habillées. Les vêtements étaient mal coupés, les couleurs fades ou brillantes. Souvent, leur maquillage outrancier me tournait la tête. J'aimais la simplicité et la féminité des coupes épurées, strictes, sans affectation.

La municipalité voulut m'inviter l'année suivante. Mais j'ai refusé cette idée qui me semblait désormais saugrenue. Je ne serais jamais un couturier. On ne me verrait plus jamais dans ces salons cérémonieux.

Quelques jours après le bal, j'ai commencé la lecture de plusieurs livres sur François d'Assise. Je voulais comprendre comment un homme né dans une riche famille de commerçants drapiers pouvait refuser les ors du monde pour se consacrer à la pauvreté.

20.

Les cartes et le rêve

Le 1er novembre 1959, je lisais une anthologie de la poésie française dans le jardin des Prés Fichaux, quand je découvris un poème de Charles Baudelaire dont le titre n'était pas le plus original, « Le voyage » :

Pour l'enfant, amoureux de cartes et d'estampes,
L'univers est égal à son vaste appétit.
Ah ! que le monde est grand à la clarté des lampes !
Aux yeux du souvenir que le monde est petit !

Un matin nous partons, le cerveau plein de flamme,
Le cœur gros de rancune et de désirs amers,
Et nous allons, suivant le rythme de la lame,
Berçant notre infini sur le fini des mers :

Les uns, joyeux de fuir une patrie infâme ;
D'autres, l'horreur de leurs berceaux, et quelques-uns,
Astrologues noyés dans les yeux d'une femme,
La Circé tyrannique aux dangereux parfums.

Moi, j'ai toujours su que je ne voyagerais jamais. J'ai toujours su que je n'en aurais ni la possibilité matérielle ni la force psychologique. Pourtant, les mots de Baudelaire me ramenaient vers mes rêves de petit garçon. Le fils de Guite aimait les cartes qui l'emmenaient loin de Saint-Florent. Je ne voulais pas voyager, je voulais fuir. Partir le plus loin possible. Je ne voulais pas voyager, je voulais être en apesanteur. Dans un lointain merveilleux. À l'école, nos maîtres nous enseignaient l'amour de la France. Je n'ai jamais compris de quel amour il s'agissait. Je faisais des efforts pour explorer ce curieux sentiment. Mais mon cœur restait vide. Il ne battait pas la chamade si on me parlait du drapeau tricolore. Ma passion allait aux cartes, aux grandes cartes accrochées aux murs de la classe, aux petites cartes de mon manuel de géographie.

En février 1960, j'ai fait un rêve fou en voulant dessiner à ma manière les cartes des quatre coins du globe. Je savais me procurer les atlas et les cartes rares. Oui, je connaissais les adresses des ambassades qui pouvaient m'envoyer les documents désirés. Les meilleurs libraires géographes de Paris avaient eu vent de mon travail. Ils répondaient à mes demandes de nouvelles vues.

Je voulais faire un Atlas Bascoulard qui serait le plus beau du monde. Personne ne m'a jamais passé pareille commande. D'aucuns parlaient d'une idée ingénue et enfantine. J'évoquerais volontiers une sorte de fantôme esthétique. Mon ami l'architecte Marcel Pinon n'était pas pour rien dans cette énergie peu commune qui s'empara soudain de moi. J'ai caressé l'idée folle de laisser cette publication comme un testament de mon travail de dessinateur.

Je voulais faire mes cartes au lavis et aux crayons de couleur. J'étais certain que la précision de mon travail, sentiment assez prétentieux, je peux l'admettre, permettrait de donner des cartes d'une minutie stupéfiante. Je comptais montrer un génie particulier dans le choix des couleurs pour magnifier les reliefs des montagnes, le cours des fleuves, la douceur des plaines ou la profondeur des côtes.

Les cartes de France m'ennuyaient prodigieusement. Je préférais les méandres de la géographie américaine ou des pays asiatiques de poche.

J'ai passé des centaines d'heures à réaliser mes cartes. Je suais, je m'épuisais, j'abîmais mes yeux la nuit à la lueur des bougies qui menaçaient toujours de s'éteindre. Parfois, je m'endormais à peine quand le matin, je me réveillais avec ma plume à la main et l'esquisse d'une carte sur mes genoux endoloris. Alors je pouvais reprendre le travail comme si j'étais tombé dans les bras de Morphée, emmitouflé des heures entières dans des couvertures épaisses, ce qui était faux, puisque j'avais dormi assis deux petites heures.

Mais ce projet insensé n'était pas à ma portée. Mon goût de la liberté et son corollaire, la pauvreté, sont devenus des obstacles plus puissants encore que le mur de Berlin dont on ne cessait de parler dans les journaux.

Les réalités matérielles de ma vie rendaient le travail impossible. On était loin des dessins que je pouvais faire dans les rues ou à la campagne. Les planches des modèles américains ou russes mesuraient 1,04 sur 1,46 mètre.

Un matin, le cœur saignant, j'ai tout arrêté. Je me suis rendu sans gloire, comme un criminel de haut vol. Ma chute fut un drame, une passe terrible, une véritable dépression. J'aurais pu devenir un ivrogne. J'arrêtai brutalement la cartographie, qui m'avait pourtant procuré tant de satisfaction. Heureusement, personne ne connaissait mon rêve. J'échappai à la moquerie.

La décision révélait bien plus que la fin de mes voyages poétiques au bout des villages les plus reculés. La vie sans attache que j'avais choisie ne me permettait pas de construire une grande œuvre. J'étais prisonnier de ma liberté. Elle m'avait enfermé aussi sûrement que les médecins avaient muré ma mère derrière les barreaux de la prison. Je pouvais faire les dessins qui se disperseraient ensuite dans la ville ; rien de plus.

En ce début de l'année 1962, j'avais creusé ma propre tombe. Je n'avais nulle envie de comprendre les raisons de mon échec. Cette introspection était au-delà de mes capacités mentales. Le tribut était si grand que je ployais sous la douleur. J'étais une épave ballottée à tous les flots vengeurs.

Je pourrais me relever en continuant à dessiner. Rien ne changeait. Je n'étais pas un homme sans qualité puisque je marchais seul dans la nuit, à travers les champs, avec les chouettes.

21.

Nuit incomparable

Depuis le jour mémorable de l'assassinat de mon père, mes Noël ont été solitaires. Quand j'étais enfant, nous n'avions pas de cadeaux. On nous offrait une orange. Rien d'autre.

À Bourges, je venais visiter maman le 26 décembre. La prison et l'hôpital étaient fermés la veille.

Puis Guite est morte. Une tempête de sable a lacéré mon cœur. Mon espérance n'était pas plus hardie qu'un maigre ruisseau qui tente de se frayer un chemin dans les terres giboyeuses de la Sologne.

Mais il y avait cette nuit où je cessais de douter.

Chaque année, j'entrais furtivement dans la cathédrale pour la messe qui commençait à minuit. Je me tenais au fond sous la tribune du grand orgue. On ne pouvait pas me voir. Je ne croyais pas que le Christ puisse être né en cette nuit si douce. Mais la fable de la Nativité m'émouvait, et j'éprouvais le besoin de pénétrer dans un lieu sacré. Je ne me suis jamais expliqué cette attirance, cette curiosité enfantine.

J'écoutais sagement les lectures de la naissance de celui qu'ils appelaient le Fils de Dieu. Je me surprenais à rester bouche bée, comme un petit garçon fasciné par l'encens qui montait sous les voûtes. Je n'étais pas dupe de ce théâtre magnifique, et j'aurais pu rire à gorge déployée du jeu des acteurs. Mais il exerçait sur mes sens un charme réconfortant.

À la fin de la messe, le chant du « Divin enfant » était l'instant béni que je préférais. C'était le temps de la félicité parfaite. Je connaissais les mots, les notes depuis si longtemps :

Il est né le divin enfant
Jouez hautbois, résonnez musettes
Il est né le divin enfant
Chantons tous son avènement.

Dans les années cinquante, j'avais écrit sous un dessin cette phrase lapidaire : *Je nie Dieu, incroyant, mi-vêtu.*

Mais je m'accordais une trêve la nuit de Noël. Je ne croyais pas plus les fariboles chrétiennes. Simplement, en cette nuit sans pareille, les prophètes, les hautbois, la paille, les rois, et les musettes, le plus incroyable mélange, avaient droit de cité dans mon cœur. La chansonnette se poursuivait :

Depuis plus de quatre mille ans
Nous le promettaient les prophètes
Depuis plus de quatre mille ans
Nous attendions cet heureux temps
Une étable est son logement
Un peu de paille est sa couchette
Une étable est son logement
Pour un Dieu quel abaissement

Partez ô rois de l'Orient
Venez vous unir à nos fêtes
Partez ô rois de l'Orient
Venez adorer cet enfant

Ô Jésus, ô roi tout-puissant
Tout petit enfant que vous êtes
Ô Jésus, ô roi tout-puissant
Régnez sur nous entièrement.

Maman aimait ces paroles pleines de chimères naïves. Dans la petite église de Vallenay, nous écoutions les mélodies de l'harmonium souffreteux tenu par Mlle Machart.

Sous les voûtes de la cathédrale, le grand orgue tonnait. Les voix éclataient. Et je partais en courant dès la dernière strophe, m'enfonçant dans la nuit joyeuse et triste. Mon cœur ne savait que dire. Mais il n'était plus complètement affligé.

À travers les fenêtres, je regardais furtivement les familles qui réveillonnaient. Je n'avais rien mangé et je n'étais même pas certain d'avoir faim. Plus loin, dans la campagne, je traversais des villages pour retrouver ma cabane. Des voitures passaient. Si je reconnaissais les passagers, je me cachais derrière un arbre. Je ne voulais pas qu'on me voie seul en cette belle nuit. Et je reprenais mon chemin.

Unc nuit, en m'élançant de côté, je suis tombé à la renverse dans un fossé rempli d'eau glacé. C'était le 24 décembre 1958, vers deux heures du matin.

Je n'ai jamais souffert de la solitude. Mais la nuit de Noël était un temps si différent. Voilà le moment de l'année où je regrettais de ne pas croire en Dieu. Pourquoi étais-je si insensible aux mystères de la religion ?

La Nativité est un jour de douceur, d'humilité, le jour d'un enfant fragile, le jour du roi qui naît sur la paille. J'aime méditer la phrase de l'évangéliste Matthieu : *Les renards ont des tanières, et les oiseaux du ciel ont des demeures ; mais le fils de l'Homme n'a pas où reposer sa tête* (Mt 8, 20).

Si je fermais les yeux, je revoyais l'étable de mon grand-père. Le foin et la paille sentaient si bon. Nous marchions longtemps dans la neige pour rejoindre la messe de la nuit. Maman avait mis le joli manteau de laine qu'elle sortait en de rares occasions de la grande armoire en merisier de la cuisine.

Tous mes souvenirs de bonheur étaient lointains. Mais ils se bousculaient dans ma tête. J'entendais encore le bruit de mes galoches qui crissaient sur la neige. L'église était chauffée par un poêle placé dans le chœur et nous étions serrés les uns contre les autres. Je ne sais plus si je croyais en Dieu à cette époque. Mais j'étais heureux d'être avec ma mère.

Plus d'une fois, les tempêtes ont ralenti notre marche alors que nous rentrions à la ferme. Mon grand-père maugréait. Nous pouvions mettre longtemps à trouver la route.

Oh, le passé ne reviendra plus. Personne ne pourra me rendre cette joie fragile. Seul le vent me rappelle encore les mélodies d'antan. Car la main de maman a disparu.

22.

La beauté de Rita

J'ai oublié le jour où j'ai connu Rita Parissi. Dans ma mémoire, les souvenirs des temps heureux s'émoussent plus vite que ceux des moments sombres.

À la fin des années soixante, un soir de tempête, elle est venue vers moi alors que je sortais de la bibliothèque municipale. J'avais l'habitude d'y passer des après-midi entières. J'avais lu les *Petits poèmes en prose* de Charles Baudelaire et recopié « Le Joujou du pauvre » dans un cahier d'écolier. J'étais encore sous le charme de ces lignes extraordinaires :

Je veux donner l'idée d'un divertissement innocent. Il y a si peu d'amusements qui ne soient pas coupables !

Quand vous sortirez le matin avec l'intention décidée de flâner sur les grandes routes, remplissez vos poches de petites inventions à un sol – telles que le polichinelle plat mû par un seul fil, les forgerons qui battent l'enclume, le cavalier et son cheval dont la queue est un sifflet – et le long des cabarets, au pied des arbres, faites-en hommage aux enfants inconnus et pauvres que vous rencontrerez. Vous verrez leurs yeux s'agrandir démesurément. D'abord ils n'oseront pas prendre ; ils douteront de leur bonheur. Puis leurs mains agripperont vivement le cadeau, et ils s'enfuiront comme font les chats qui vont manger loin de vous le morceau que vous leur avez donné, ayant appris à se défier de l'homme.

Sur une route, derrière la grille d'un vaste jardin, au bout duquel apparaissait la blancheur d'un joli château frappé par le soleil, se tenait un enfant beau et frais, habillé de ces vêtements de campagne si pleins de coquetterie.

Le luxe, l'insouciance et le spectacle habituel de la richesse rendent ces enfants-là si jolis, qu'on les croirait faits d'une autre pâte que les enfants de la médiocrité ou de la pauvreté.

À côté de lui, gisait sur l'herbe un joujou splendide, aussi frais que son maître, verni, doré, vêtu d'une robe pourpre, et couvert de plumets et de verroteries. Mais l'enfant ne s'occupait pas de son joujou préféré, et voici ce qu'il regardait :

De l'autre côté de la grille, sur la route, entre les chardons et les orties, il y avait un autre enfant, sale, chétif, fuligineux, un de ces marmots-parias dont un œil impartial découvrirait la beauté, si, comme l'œil du connaisseur devine une peinture idéale sous un vernis de carrossier, il le nettoyait de la répugnante patine de la misère.

À travers ces barreaux symboliques séparant deux mondes, la grande route et le château, l'enfant pauvre montrait à l'enfant riche son propre joujou, que celui-ci examinait avidement comme un objet rare et inconnu. Or, ce joujou, que le petit souillon agaçait, agitait et secouait dans une boîte grillée, c'était un rat vivant ! Les parents, par économie sans doute, avaient tiré le joujou de la vie elle-même.

Et les deux enfants se riaient l'un à l'autre fraternellement, avec des dents d'une égale blancheur.

J'aurais dû me douter qu'on ne peut pas lire des histoires de la sorte sans consulter un haruspice. La poésie est un art divinatoire. Jules César n'avait pas prêté garde aux ides de Mars, et je lisais Baudelaire sans prendre de précautions.

Moi, j'étais l'enfant des rues, le laissé-pour-compte, l'idiot édenté, et Rita avait le charme des petites filles de la ville, la grâce des vêtements propres, la joie des vies réussies.

Parissi m'a regardé la première. Je m'apprêtais à monter sur mon tricycle. Elle paraissait plus jeune qu'aujourd'hui. Je me souviens de ses beaux cheveux blonds, de son sourire enfantin et espiègle, de ses yeux bleus, de ses longues jambes joliment dessinées. Cette créature qui venait de Vendée avait les manières d'une Yvonne de Galais.

J'eus l'impression qu'un rayon de soleil ouvrait les nuages noirs. Rita m'a adopté et je l'ai considérée en un instant comme mon ange gardien. Nous avons parlé de poésie. Ce qui m'enchantait. Quand elle voulut m'entretenir de romans, je montai sur mon Aventin. Car mon désintérêt pour ces matières était grand… La vie de Marcel Bascoulard était déjà une drôle d'histoire. Pourquoi ausculter les entrailles du monde ? Entre Rita et son clochard céleste, les accords, comme les ruptures, furent vite établis.

Peu après, Rita s'est installée aux Gargaudières, dans une cabane non loin de la mienne, où elle disposait d'un certain confort. Elle se rendait parfois à Nantes pour visiter sa famille. Pendant son absence, je surveillais le petit enclos de sa maison de poupées. La vie d'ermite l'impressionnait et lui pesait en même temps.

Pour l'hiver, ma douce compagne avait réussi à faire installer un poêle à bois. Elle ne comprenait pas pourquoi je ne l'imitais pas. Rita me disait sans cesse que je devais prendre exemple sur son logis. Avec la vente de mes dessins, j'avais bien les moyens d'organiser mon existence différemment. Je résistais à tous ses arguments insidieux, mi-amusé, mi-agacé. Car je ne voulais pas changer de vie. Alors, à bout de forces, elle m'appelait « le prisonnier volontaire ». Les bons jours, j'étais son « voyageur immobile ».

Si j'acceptais une couverture en hiver, pourquoi ne pas accepter aussi des couverts pour me nourrir ? C'était l'engrenage infernal. Qui dit chauffage, dit fourchette, qui dit électricité, dit lavabo, qui dit table de cuisine, dit malheur, qui dit eau courante, dit toilettes... Et je voulais encore être heureux à ma manière. Avec le corps couturé, loin des hommes, des contingences, des bonnes manières, des grandes étendues maritimes que je ne verrais jamais, je me tenais dans les nuages.

En attendant, une blonde occupait mes pensées. Ce n'était pas la plus petite des nouvelles. J'avais attendu la cinquantaine grisonnante pour partager des petits morceaux de ma vie avec un être aimé.

Quelle drôlerie de voir la tête des gens de Bourges ! Ils croyaient que si je me déguisais en femme, c'était parce que je ne les aimais guère. Je n'étais pas assez stupide pour ignorer leur vilain raisonnement. Les bourgeois rangés étaient tellement prévisibles. Les juges des bonnes mœurs se trouvaient cois, enfermés dans leurs tribunaux, zélés protecteurs des tables de la loi des vieilles filles figées sur leurs voltaires aux tissus fleuris.

Rita eut l'outrecuidance d'écrire mon portrait. J'en suis resté fort contrarié. L'exercice était obscène. Je n'aimais pas l'idée d'être exposé en pâture devant les yeux rapaces de ceux que j'avais fuis :

Je crois que Bascoulard se trouve beau ; d'ailleurs on voit bien comme il minaude sur ses photos de femmes... Moi, je le trouve laid. Il a les yeux bleu-gris souvent ternes car, au fond, il lui arrive fréquemment de rester sans penser. Sous l'effet de la colère, ses yeux ont beaucoup de lueurs comme la plupart des yeux bleus. Ce qui est le plus caractéristique dans son visage est une ligne profonde entre les deux yeux. Il a d'épais sourcils noirs qui contrastent avec le gris de ses cheveux demi-longs, hirsutes, qu'il taille parfois avec rudesse. Naturellement, il se fait rarement la barbe, sauf pour ses photos. Il a un cou large, des épaules étroites, un corps menu et de petites mains qui s'opposent à de grands pieds. Il marche en dedans, en trottinant, les genoux pliés. Il geint beaucoup et prend facilement la vie au tragique. De l'impression qu'il a de lui-même, on ne peut affirmer grand-chose, car il se livre très peu. Il nous joue Diogène, il nous joue Ésope. Il joue comme un acteur sur scène même s'il prétend ne pas avoir assez de mémoire pour apprendre des textes par cœur. Il ne s'éclaire qu'à la bougie, ne possède pas de savon, se peigne avec les doigts. Sa demeure est pire que la carapace vide du crustacé. Cette cabine brisée, démantibulée, ne possède presque plus de carreaux. Elle est située dans un emplacement tel que, pour y accéder à la saison des pluies, il faut des bottes très hautes. On s'embourbe facilement si on n'y prend pas garde. Quelques vieilles caisses brisées, un amoncellement de bouteilles de plastique vides et aplaties. De-ci de-là pendouille un chiffon, des soieries moisies et brillantes surgissent, donnant un aspect des plus étranges à cet endroit que les fourrés qui l'entourent rendent heureusement plus gai avec le retour des feuilles à la belle saison. Pas de lampe à alcool pour sa cuisine, mais une vieille boîte à sardines calée au sol dans laquelle il verse une petite quantité d'alcool à brûler. Presque toujours, il mange froid. Il boit le lait au goulot et ne se sert ni d'assiette, il n'en possède aucune, ni de couverts. Pour tout couteau, un vieux canif usé, rouillé, et c'est avec les rares dents qui lui restent qu'il ouvre les bouteilles de lait. Le feu ne sert que pour les minets ou presque. Il couche à la dure à l'intérieur de sa cabine de camion avec pour toute couverture ses chats. On ne le voit jamais dans un bistrot, un grand magasin, une foire. Timidité ? Crainte des hommes ? À l'aide d'un ancien tandem, il a fait adapter des pédales et des chaînes (sans roues libres, bien entendu, à cause des frais), la partie avant de l'appareil est allongée, munie d'un siège qui n'est qu'une simple planche oscillante et sur laquelle il s'agit de bien tenir en équilibre. Il y a, fort heureusement, un dossier, souillé, gondolé, qui a dû autrefois être de couleur marron. Le plus remarquable du tricycle, c'est la partie arrière. Pour pouvoir transporter de Bourges aux Gargaudières son ravitaillement, Bascoulard y a installé une caisse à claire-voie, vieille et tordue au bout de peu de temps d'usage car l'homme n'est pas très soigneux. Cette caisse repose sur un fond instable et tient mal en équilibre. Il a eu l'idée de l'attacher à l'arrière du siège au moyen de fil de fer. Très mauvais bricoleur, il est incapable de trouver l'idée adéquate pour mettre les choses en place et il abîme tout, comme un enfant terrible. Lorsqu'il traverse Bourges, appuyé sur son guidon, marchant à côté du véhicule, il fait rire les passants qui s'amusent à le stimuler pour faire avancer l'appareil comme descendu d'une étrange planète. Lorsque son tricycle se heurte à un obstacle quelconque au long des mauvais chemins qui montent à son domicile, il tempête, s'essouffle, jure, crie comme un charretier, puis, pour se remettre en route, souvent il crache dans ses mains ! Moi qui suis très patiente, je le laisse dire et crier, je sais que, si je lui disais qu'il se complique la vie pour rien, il se vexerait, et il faut aussi compter avec son esprit de contradiction ; il a une tendance à s'irriter de tout. Or, il a fait construire ce tricycle avec une petite roue à l'avant, de la dimension des jouets d'enfants, et deux roues de dimension à peu près normales de chaque côté du siège. La petite roue, cela va de soi, s'enfonce toujours dans la boue des chemins qu'obligatoirement il doit prendre pour rentrer chez lui, et comme il n'est pas du tout prévoyant, en hiver, il n'essuie jamais sa roue, aussi, le jour suivant, est-elle recouverte de glace et il est impossible de rouler avant d'avoir brisé cette couche qui la recouvre. Il lui arrive ainsi de perdre des objets auxquels il tient à cause de la mauvaise installation de sa caisse et je l'ai même vu verser avec ses provisions. Jamais prudent lorsque les routes sont barrées à cause du débordement des rivières, il pénètre dans l'eau avec son engin sans se soucier d'être entraîné par le courant. Il m'a raconté qu'une fois il est tombé à l'eau en plein cœur de l'hiver et est retourné chez lui complètement trempé. Or il ne possède pas d'emplacement pour faire sécher ses vêtements et, comme il ne se soucie pas de posséder de vêtements de rechange, il doit, lorsqu'il est trempé, se revêtir de ses déguisements. De toutes ses photos, celle que je préfère de beaucoup est celle où, recouvert de ses haillons, il brandit une casserole, et je me suis souvent demandé quelle légende il faudrait y inscrire. Celle d'ami de la misère y conviendrait bien.

La pauvreté fut une compagne étonnante. Les temps n'ont jamais été simples mais nous nous sommes follement aimés. J'aurai été un amant assidu. Je ne prends pas la vie au tragique car j'ai choisi la misère. J'ai embrassé une vocation. Les embardées n'ont pas manqué. L'existence elle-même est sombre et j'ai eu mon lot, comme d'autres. Qui se souvient de Job ? *Puisque la vie m'est en dégoût, je veux donner libre cours à ma plainte, épancher l'amertume de mon âme. Je dirai à Dieu : ne me condamne pas, indique-moi pourquoi tu me prends à partie.*

J'étais le témoin du combat de mes gentils voisins qui avaient un enfant autiste dont le moindre geste était douloureux. Je ne pouvais en conscience me plaindre de mes malheurs. Le ciel n'a pas voulu de moi mais l'homme qui choisit sa solitude est fort. Ma richesse était accumulée dans les pores crasseux de ma peau.

Je n'ai pas été ce pantin désarticulé décrit par Rita. En la lisant, je vois sortir de son nid un moineau malade qui vaticine, perdu le long des routes. La vérité était autre. J'ai toujours su où était mon chemin. Certes il était jonché d'épines. Je boitais droit dans la nuit, sans repère, sans torche, sans bougie pour m'y retrouver. Mais par miracle, sans l'intercession du moindre saint empaillé, j'avançais.

Rita était une femme impudique. Je ne goûtais pas ce vilain défaut du siècle. Elle montrait une fierté à décrire toutes sortes de choses. Elle parlait goulûment de mon intérieur, des détails matériels. Il ne servait à rien d'exposer au soleil le revers d'un vieux tissu usé, les profondeurs d'une carcasse de camion, un cageot disloqué, des ferrailles rouillées et des petites boîtes démantibulées. Les choses quotidiennes étaient crues. À quoi bon courir nu dans les rues comme des bêtes de foire ? Avec son gros crayon, elle grattait une douleur que je ne saurais décrire.

Confiteor : je conteste les détails macabres mais le sel de mes heures est caché dans ces lignes. Parfois, j'en viens à me surprendre. Et si j'avais mené une vie d'anarchiste ? En Russie, j'aurais peut-être été de ceux qui avaient eu la joie de lancer des bombes sur les tsars ?

Nous avons ri pendant ces années imprévues. Les hommes se marient à vingt ou trente ans. J'ai pris le train à l'envers. Décidément, j'étais incapable de ressembler aux autres. Je ne crois pas en Dieu ; je l'ai déjà écrit. Pourtant j'en viens à caresser l'idée qu'il m'a envoyé Rita. Qui était cette femme ivre de nouveauté, cette artiste inconnue, ce cœur perdu, cette misanthrope catholique ? Je n'ai jamais trouvé la réponse. Je crains sa solitude quand je viendrai à disparaître. Rita est trop fragile pour affronter les vents contraires. Sans moi, sa vieillesse sera dure.

23.
Questionnaire

Tous les matins, j'accompagnais Rita jusqu'à la poste de la rue Moyenne. Je quittais mon champ avec le tricycle, la retrouvais devant sa roulotte bleue, à quelques centaines de mètres des Gargaudières, et nous nous rendions à Bourges. Elle passait ses journées à faire des portraits. Vers seize heures, en hiver, dix-neuf heures, en été, je venais la chercher et nous repartions à Asnières-lès-Bourges. Elle rentrait chez elle et je poursuivais mon chemin. Pour ainsi dire, nous faisions cabane à part.

Un soir d'été indien, sur le retour, elle me parla de Marcel Proust et de la *Recherche du temps perdu* que je ne connaissais pas. Elle avait beau tenter de me convaincre, encore une fois, de la grandeur du genre romanesque, j'avais toutes les réticences. Elle évoqua le *Questionnaire* ; l'exercice m'amusa follement. Nous nous sommes installés dans l'herbe. Et mon amie m'interrogea…

Ma vertu préférée : l'humilité.

Le principal trait de mon caractère : la rêverie.

La qualité que je préfère chez les hommes : la gentillesse.

La qualité que je préfère chez les femmes : la grâce.

Mon principal défaut : la désorganisation.

Ma principale qualité : la fidélité.

Ce que j'apprécie le plus chez mes amis : la joie.

Mon occupation préférée : l'écriture.

Mon rêve de bonheur : les voyages.

Quel serait mon plus grand malheur ? Quitter la campagne.

À part moi-même qui voudrais-je être ? Un peintre.

Où aimerais-je vivre ? En Sibérie.

La couleur que je préfère : le noir.

La fleur que j'aime : le chrysanthème.

L'oiseau que je préfère : l'hirondelle.

Mes auteurs favoris en prose : un seul, Alain-Fournier.

Mes poètes préférés : Rimbaud et Baudelaire.

Mes héros dans la fiction : les enfants.

Mes héroïnes favorites dans la fiction : les jeunes filles sages.

Mes compositeurs préférés : je ne sais pas ; je n'ai pas la chance de pouvoir écouter des disques et je n'ai pas de poste de radio. Un jour d'été, en juillet 1965, des notes s'échappaient de l'hôtel de Panette. On m'a dit que c'était un enregistrement de Maria Callas. J'ai trouvé sa voix merveilleuse.

Mes peintres préférés : Bruegel l'Ancien, Édouard Manet et Annibale Carracci pour *Le Mangeur de fèves*.

Mes héros dans la vie réelle : les pauvres gens.

Mes héroïnes préférées dans la vie réelle : les couturières.

Mes héros dans l'histoire : je ne crois pas aux héros.

Ma nourriture et boisson préférée : les pommes de terre et le lait.

Ce que je déteste par-dessus tout : les bourgeois.

Le personnage historique que je n'aime pas : Charles de Gaulle.

Les faits historiques que je méprise le plus : les guerres de religion.

Le fait militaire que j'estime le plus : la Résistance pendant la Seconde Guerre et le 6 juin 1944.

La réforme que j'estime le plus : l'école de Jules Ferry.

Le don de la nature que je voudrais avoir : l'optimisme.

Comment j'aimerais mourir : en imaginant que je vais revoir maman.

L'état présent de mon esprit : l'inquiétude.

La faute qui m'inspire le plus d'indulgence : le manque de courage.

Ma devise : *Nihil obstat.*

Rita m'a lu les réponses de Proust. C'est ainsi que j'appris qu'il avait choisi pour devise : « J'aurais trop peur qu'elle ne me porte malheur. » Je rigolais de cette crainte superstitieuse. Rita trouvait cette réponse extraordinaire. Moi, j'étais hilare…

En marchant vers mon camion, je pensais à mes grands-mères Bascoulard et Mulet. Qu'auraient-elles dit en me voyant parler de mon caractère et de mes secrets, allongé dans l'herbe avec Rita la Nantaise, à deviser sur des choses futiles ? Je connaissais d'avance la leçon de ces femmes courageuses. La bohème était mon fort ; elles m'auraient doucement morigéné.

24.

Les vieux garçons

Dès mes premières années, le goût piquant du sel de la liberté était sur mes lèvres d'écolier rebelle et d'adolescent sans ami. Je m'étais fait un serment fou. Je ressemblerais à ceux de Noirlac. Pourtant ce nom me faisait peur. Parlions-nous d'un lac plus noir que l'enfer ?

À Vallenay, j'entendais parler des moines. Il suffisait de marcher à travers les pâtures pour voir apparaître l'abbaye de Noirlac sagement construite sur les bords de la rivière vaseuse. Les religieux n'étaient pas revenus après la Révolution mais les villageois parlaient encore des cisterciens reclus derrière les hauts murs de pierre. Un dimanche, par une fin d'après-midi d'hiver, j'ai découvert l'abbatiale abandonnée, sépulcrale, baignée d'une lumière blanche, les piliers ouvragés du cloître gothique, le dortoir des convers, l'immense cellier et l'inquiétante allée de tilleuls sans âge. En quittant les lieux habités par les fils de saint Bernard, je voyais nos ombres jouer sur les murs de pierre dorée. Au soleil couchant, la poésie inquiétante des lieux déserts était entrée dans mon âme.

Je venais d'effleurer la solitude, l'éloignement, la fuite du monde que les moines appelaient *fuga mundi*. Au même moment, l'histoire d'un vieux paysan avait eu une influence décisive sur moi.

Marcel Jacques était célibataire. Il habitait le lieu-dit Les Forges. Là, il avait longtemps vécu avec sa mère, Alphonsine, dans une petite ferme qui était dans la famille depuis trois générations. Un matin plus triste que les autres, la brave femme avait rendu l'âme. Marcel s'était retrouvé seul. Je le voyais tous les matins, qui partait sur un vélo rouillé pour s'occuper de ses vaches. Il avait toujours un mot malicieux. Les gens le craignaient un peu. On disait qu'il avait beaucoup d'argent caché dans les brèches des murs de son étable. Au cours des derniers mois, il perdait la tête. Une nuit de décembre, par un froid glacial, on l'avait aperçu dans ses vignes où il voulait vendanger… Quelques jours plus tard, il mourait dans son lit, sans personne. Comme les volets de sa maison restaient fermés depuis quarante-huit heures, Madeleine, la voisine, avait donné l'alerte ; des hommes des environs fracassèrent la porte, et on découvrit le corps sans vie. Il n'y avait plus de feu dans la cheminée.

J'estimais un tel destin. J'ai voulu mener mon existence à la manière de Marcel Jacques, Armand Petit, Eugène Faure, Émile Guillemin, les célibataires de mon enfance.

À leur exemple, je suis devenu un solitaire de granit. Un matin je me suis même décidé à apprendre le russe. J'ai étudié la vie des moines orthodoxes d'avant la révolution de 1917, et je suis parvenu à la conclusion que les frères n'entraient pas dans les ordres par dégoût du monde mais par un désir irrépressible de transformer leur vie en icône sacrée.

Je n'ai jamais rencontré les cisterciens berrichons. Ils ont quitté notre province depuis trop longtemps. Avaient-ils peur comme moi ? La nuit, j'étais pétrifié. Je me réveillais avec les angoisses les plus noires. Les gens imaginent-ils tous les bruits de la campagne vers deux heures du matin ?

Les chiens hurlaient dans les fermes lointaines, les chouettes hululaient, se taisaient, et recommençaient leur sarabande funèbre, les crapauds dans les mares, les cris perçants des oiseaux dans les forêts ressemblaient à l'enfer. La pluie était un maigre répit. Je ne l'aimais pas mais grâce aux clapotements des gouttes, je n'entendais plus les trépidations de la nature indomptée.

Le destin des clochards et celui des solitaires en Dieu ne sont pas si différents. Nous sommes seuls sous les étoiles, le soleil, et les hautes bourrasques. Plus le temps passe, plus les épreuves sont difficiles. Le corps n'accepte pas indéfiniment le régime grisâtre qu'on lui impose.

Les moines pouvaient utiliser le silence pour prier Dieu. De mon côté, le silence me donnait matière à oublier le monde, ses lourdeurs, son injustice, ses ébats et tous les hoquètements d'arrière-cour.

Je pensais aux pauvres ouvriers des usines que je voyais sortir des établissements militaires. Je les suivais du regard et les larmes me montaient aux yeux car ils me faisaient l'impression d'esclaves enchaînés. Les pas des plus âgés étaient lents, graves et las. Les jeunes avaient de l'allant. Pour combien d'années ? Je tremblais de rage. Cette soif joyeuse et ces rires optimistes tiendraient-ils longtemps sous le feu des cadences patronales ? Le soir, dans leurs petites maisons, le silence ne pouvait être que l'écrin d'un sommeil qu'ils cherchaient désespérément afin de réparer des corps brisés. Leurs salaires étaient juste suffisants pour payer nourriture, vêtements, pauvres meubles et menus travaux. Je m'étouffais : les bourgeois n'avaient aucune pitié.

Au fond de ma misère, si peu enviable, j'étais loin de ces drames de classe. On pouvait dire ce qu'on voulait. Rien ne m'impressionnait. Les médisances, les mensonges, les affabulations, les mythes, je les jetais hardiment dans le caniveau. Le moine des Gargaudières était libre. Après moi, personne n'oserait charger sur ses épaules une telle destinée. Mon squelette ne pesait pas bien lourd. Mais j'avais un sacré courage.

Je voulais une existence immobile. Aurais-je été capable d'en avoir une autre ? Peut-être ma seule ambition était-elle de réussir une vie de rien.

Le moine se démène dans un amoncellement de mois et d'années qui ne bouge pas. Il prie tous les jours, à la même heure, recommence le même travail, habite dans un monastère qu'il ne quitte jamais. L'homme qui ne connaît pas ces charmes mystérieux est aveugle. Moi, je dessine tous les jours, et je suis perdu dans mon champ en haut du coteau. Mon bonheur, celui des moines, est inaccessible au commun des mortels. Nos malheurs aussi.

Bientôt, les vies d'ermite seront impossibles. Les jeunes n'auront pas le courage de cette liberté. Les moines disparaîtront et les beaux clochards aussi. Nos enfants voudront jouir d'un confort matériel soigné, de maisons proprettes, de voyages exotiques. Les âmes rustiques vont s'éteindre. Elles venaient du fond des âges. Mais il y a un temps pour tout. Nous avons eu le nôtre depuis des siècles. Maintenant, la place est aux vies muettes, rapetissées, millimétrées.

La race des poètes aussi va disparaître. On ne pourra plus regarder le monde avec des yeux neufs. Tout sera vieux, répétitif, dégrisé.

J'aimerais me rendre chez un notaire de Bourges. Je lui dirais qu'il faut garder dans un coffre-fort ma prophétie : j'annonce la mort des moines, des clochards et des poètes. L'homme de loi sera surpris, il me prendra pour un fou.

Le monde est devenu un ramassis de félons qui se fichent de la disparition des belles âmes. Les notaires pisse-vinaigre ont un avenir radieux. En compagnie des bourgeois, ils continueront à regarder la vie avec l'indifférence suspecte qui les caractérise.

Je ne bois jamais, l'alcool me monte trop vite à la tête ; mais je trinque à la santé des fous. Regardons les derniers feux. Bientôt les gens normaux ne pourront plus réchauffer leurs imaginations transies auprès de ces géants.

25.

Sic transit gloria mundi

Dans la cathédrale, les funérailles se succédaient et la comédie s'achevait en passant le porche sublime du Jugement. La bonne société berrichonne avait seule les honneurs des lieux. Mais elle ne riait plus. Les hommes portaient par-dessus de laine et pantalon de flanelle gris, les femmes, jupe droite longue, trois rangs de perles et mantille noire. On suivait doucement le cercueil. Mâchoires serrées, teints pâles, mouchoirs blancs brodés, larmes opalines faisaient partie des paravents d'usage.

Depuis la rue Porte-Jaune, j'observais ces moments de contrition, ce vilain théâtre dont je ne voulais pas faire le moindre croquis. Parfois, je me glissais subrepticement au fond de la cathédrale pour rire de ces ombres funestes. Je trouvais le « *De profundis clamavi* » de Baudelaire plus beau que celui du missel catholique. Je le récitais en contemplant ces cafards idiots qui voulaient dominer le monde jusque dans les jours de douleur folle :

J'implore ta pitié, Toi, l'unique que j'aime,
Du fond du gouffre obscur où mon cœur est tombé.
C'est un univers morne à l'horizon plombé,
Où nagent dans la nuit l'horreur et le blasphème ;

Un soleil sans chaleur plane au-dessus six mois,
Et les six autres mois la nuit couvre la terre ;
C'est un pays plus nu que la terre polaire
– Ni bêtes, ni ruisseaux, ni verdure, ni bois !

Or il n'est pas d'horreur au monde qui surpasse
La froide cruauté de ce soleil de glace
Et cette immense nuit semblable au vieux Chaos ;

Je jalouse le sort des plus vils animaux
Qui peuvent se plonger dans un sommeil stupide,
Tant l'écheveau du temps lentement se dévide !

Des marionnettes lugubres semblaient flotter dans la cathédrale. La bêtise suffisante qu'elles manifestaient leur aurait permis de jouer dans les meilleures farces. Les belles prières devenaient plus froides qu'une crypte moisie dès que ces hommes prononçaient la première syllabe : « *Requiem aeternam dona eis, Domine.* » Les automates sur les prie-Dieu de velours cramoisi connaissaient leur rôle.

À l'ouverture du testament, l'œil obscène du notaire viendrait inspecter des tas de vieux secrets mesquins. Mais, sous les voûtes de Saint-Étienne, on singeait, transi, les gisants de marbre.

L'hypocrisie des bourgeois était un art ; avec un ravissement cupide, le clergé était complice. Un jour, le château de cartes délicieux s'écroulerait. Les artifices, les rideaux de fumée, la poudre aux yeux ne pourraient masquer éternellement l'éprouvante domination sociale.

À la mi-avril 1972, feuilletant nonchalamment *Le Berry républicain*, j'ai appris que la marquise Marie-Henriette de La Roche était morte dans sa chambre du château de Saulzais-le-Potier. Les gens d'ascendance noble sont différents des bourgeois. Depuis Louis-Philippe, on a tendance à les confondre. Il y a l'histoire d'un côté, l'argent de l'autre. Une tante de ma mère avait travaillé au château de La Lande. Souvent, elle nous parlait des manières distinguées de la famille.

J'ai fait le voyage pour les funérailles dans la petite église près du calvaire. J'avais acheté un costume, un manteau noir d'astrakàn et mon cher André m'avait prêté un joli chapeau de feutre. Encore une fois, personne ne pourrait me reconnaître.

Avant la cérémonie, je me suis introduit dans le parc ceinturé d'un mur interminable, long de sept kilomètres, construit pour retenir le gibier lors des chasses. En prenant du côté des dépendances, j'avais des chances d'entrer incognito. Je passais à pas de renard la basse-cour, les écuries, les potagers, les serres et, le cœur débordant de joie, j'admirais La Lande, bâtisse édifiée vers 1720, agrandie un siècle plus tard par la famille. Le château de grès rose, avec sa façade imposante, romantique et alanguie, était entouré de larges douves creusées au Moyen Âge. Le corps de logis rectangulaire cachait une enfilade de salons parfaitement meublés. Ironie du temps, les premiers seigneurs s'étaient installés sur ces terres en 1389.

À l'arrière, les grandes pelouses étaient parsemées de tulipes rouges et jaunes qui donnaient un air de fête à ces journées de grand deuil.

Les deux maîtres d'hôtel avaient recouvert le cercueil d'un drap noir qui fut chargé sur un gros char à bœufs. Selon la tradition, six belles bêtes tiraient l'attelage. Elles avaient été amenées le matin par le maître fermier du domaine du bourg qui appartenait au château. La procession était ouverte par le marquis Paul-Victurnien de La Roche, teint diaphane, port squelettique, suivi de ses cinq fils, Edmée, Bernard, Charles, Geoffroy et Georges, leurs épouses, les ducs de Maillé, les marquis d'Argenson, les Beaumont et les Prahas. Puis venaient le régisseur, un ancien militaire, les domestiques attachés au château et les métayers des cinquante-huit fermes. On remonta lentement l'allée d'honneur, bordée d'orangers, tout juste sortis des jardins d'hiver pour la marquise, et la foule emprunta silencieusement la route qui conduisait au village, distant d'environ deux kilomètres. La messe était célébrée par l'abbé Jehan de Mortemart, un ami de la famille qui possédait le château de Meillant.

Après l'absoute, on gagna l'enclos des morts, ceinturé d'un mur pas plus haut qu'un enfant de cinq ans, lequel jouxtait le cimetière communal. Un léger vent chaud se leva ; le chapeau à long voile tombant sur le visage de la marquise de Colbert manqua s'envoler. Les dames du village qui portaient des bonnets de laine noire craignaient moins pour leur mise.

On parlait à voix basse de la défunte marquise. Cette femme de petite taille, mince, aux yeux noirs perçants, dont les fossettes marquées trahissaient une force de caractère peu commune, arborait un éternel chignon sévère fermé par une broche en argent. Tout le monde savait qu'elle ne s'en laissait pas conter. Une paysanne se rappelait que, pendant la guerre, elle faisait du tricot sur les routes autour du château. Car il fallait économiser les achats de lainage à la ville. Un autre louait sa bonne santé puisque les dimanches d'hiver, elle ne craignait pas de traverser les prairies boueuses, chaussée de grandes bottes de cuir, pour se rendre au manoir de La Rouhanne où vivait son fils. Un dernier, plus téméraire, osa dire que pour les repas, elle réprimandait toujours Basile, le vieux serviteur, qui avait tendance à servir des parts de dessert trop copieuses à son époux. La dame de La Roche était un peu pingre.

Le dimanche 2 avril, pour la dernière fois, elle s'était rendue à l'église pour faire ses Pâques. Comme d'habitude, elle avait salué deux ou trois paysannes dans la nef puis elle s'était installée dans la chapelle de la famille à côté du maître-autel. On l'avait vue longuement à genoux sur son prie-Dieu en chêne mouluré et sculpté qui avait été commandé pour sa grand-mère. Au moment de la communion, elle avait manqué s'évanouir. L'abbé Barrault était blanc comme un linge sacré. Il avait demandé au sacristain, le fils de la veuve Delouche, d'appeler le château pour que la bonne Mlle Aurat, qui servait comme secrétaire personnelle depuis près d'un demi-siècle, envoie une voiture. Marie-Henriette de La Roche avait quitté les lieux d'un pas plus lent encore que les notes du chant grégorien de Solesmes. On avait oublié de lui remettre son vieux missel et une image du pape Paul VI abandonnés sur sa chaise. Deux semaines après, c'était fini.

Sur toutes les bouches ébahies et craintives revenaient ces mots susurrés : la marquise est morte dans son lit au premier étage du château, dans la chambre mauve. Elle seule ne savait pas qu'elle était partie l'année de ses quatre-vingt-huit ans.

Pire, à Saulzais, on n'acceptait toujours pas les volontés de la duchesse de Berry, mère du comte de Chambord, qui avait diminué de moitié la durée de tous les grands deuils.

26.

Mon trésor fragile

J'ai remis la main sur une triste lettre que j'avais écrite pour une bonne amie de Vierzon. Nous étions en avril 1969, et la vie n'était pas simple. Alors je ne l'avais jamais postée. En la relisant, je me trouvais honnête : *Mon pauvre cher compagnon si confiant s'est jeté dans les bras de deux jeunes assassins aperçus, le soir même, à côté du lieu de leur crime, à la nuit tombante, sur le haut du champ en pente, dans le chemin, alors que j'appelais mon chat en désespéré ! Question photos, j'ai cessé d'en faire depuis octobre : le fait de ne pouvoir protéger mes clichés négatifs de l'humidité me décourage. Et je puis dire qu'il ne me reste pas une photo en couleur intacte : soit qu'elle ait changé de couleur par l'humidité, soit qu'elle ait subi plus directement l'atteinte de la lumière de cette humidité. Ce sont les noires qui se sont le mieux conservées. Il faut finalement, je crois, regarder la mort, chose obligée, comme une délivrance, mais le pire est qu'elle vient, trop souvent, quand l'on est encore trop utile. Que dire d'une mère de famille assassinée à moins de trente ans, laissant, parfois, cinq à six orphelins en bas âge ? Après cela, on peut prier Dieu qui soi-disant peut tout ! Quelle bêtise, la religion !*

Depuis les beaux jours de l'école communale, j'ai toujours aimé écrire et lire. Ma sœur et mon petit frère ne partageaient pas cette passion. Maman n'ouvrait jamais le moindre livre. Papa, lui, pouvait s'enfermer pendant des heures dans le journal. Quand il s'absentait, je jetais un coup d'œil distrait à quelques articles de *La Dépêche du Berry*. Je ne ressentais aucun plaisir à la lecture des papiers politiques qu'il affectionnait en silence. Mais en le regardant – lui qui ne m'a pas appris grand-chose – s'absorber dans la lecture, je comprenais l'importance des mots.

Évidemment, je n'ai jamais pu constituer une bibliothèque. Dans mes masures, j'étais empêché. Depuis que j'ai la chance de vivre dans une cabine de camion, j'ai fini par rassembler des livres à l'intérieur d'une grosse caisse en fer. Je devais faire des choix car il m'était impossible de tout conserver. Dans l'armoire mystérieuse, Nikolaï Gogol, Fiodor Dostoïevski, Alexandre Pouchkine, Ivan Tourgueniev, Léon Tolstoï, Anton Tchekhov ont une place essentielle. La littérature du XIXe siècle représente le sommet de ce que les écrivains peuvent nous donner. Je possédais aussi les œuvres complètes de Baudelaire, qui a été mon poète de prédilection. Je gardais six grammaires qui m'ont permis d'apprendre le russe, l'allemand, le suédois, et le polonais, sans jamais demander l'aide d'un professeur.

Les grands atlas, reliques extraordinaires de mon travail de cartographe, étaient toujours là et je ne voulais plus les ouvrir. Ce travail herculéen me laissait une saveur aigrelette de framboises cueillies trop jeunes. Les uns sur les autres, l'été, ces livres imposants servaient parfois de tabouret de fortune dans mon champ.

Avec le dessin, la poésie fut la passion de ma vie. Tous les soirs, avant de dormir, je parcourais les poèmes de Baudelaire. J'aimais ses dégoûts, ses peines et ses colères.

Dans la nuit noire, à la lueur d'une bougie calée dans une vieille boîte à sardines, je choisissais un texte. Je les connaissais par cœur, les ruminais encore. Je méditais et scrutais chaque mot.

Les Fleurs du mal furent poursuivies pour « offense à la morale religieuse » et « outrage à la morale publique et aux bonnes mœurs ». Ma colère contre la bien-pensance chrétienne n'est donc pas infondée.

Souvent, je récitais « Le crépuscule du soir » en marchant de long en large près des cerisiers. Il me rapprochait du monde que je connaissais.

Voici le soir charmant, ami du criminel ;
Il vient comme un complice, à pas de loup ; le ciel
Se ferme lentement comme une grande alcôve,
Et l'homme impatient se change en bête fauve.

Ô soir, aimable soir, désiré par celui
Dont les bras, sans mentir, peuvent dire : Aujourd'hui
Nous avons travaillé ! – C'est le soir qui soulage
Les esprits que dévore une douleur sauvage,
Le savant obstiné dont le front s'alourdit,
Et l'ouvrier courbé qui regagne son lit.
Cependant des démons malsains dans l'atmosphère
S'éveillent lourdement, comme des gens d'affaire,
Et cognent en volant les volets et l'auvent.
À travers les lueurs que tourmente le vent
La Prostitution s'allume dans les rues ;
Comme une fourmilière elle ouvre ses issues ;
Partout elle se fraye un occulte chemin,
Ainsi que l'ennemi qui tente un coup de main ;
Elle remue au sein de la cité de fange
Comme un ver qui dérobe à l'homme ce qu'il mange.
On entend çà et là les cuisines siffler,
Les théâtres glapir, les orchestres ronfler ;
Les tables d'hôte, dont le jeu fait les délices,
S'emplissent de catins et d'escrocs, leurs complices,
Et les voleurs, qui n'ont ni trêve ni merci,
Vont bientôt commencer leur travail, eux aussi,
Et forcer doucement les portes et les caisses
Pour vivre quelques jours et vêtir leurs maîtresses.

Recueille-toi, mon âme, en ce grave moment,
Et ferme ton oreille à ce rugissement.
C'est l'heure où les douleurs des malades s'aigrissent !
La sombre Nuit les prend à la gorge ; ils finissent
Leur destinée et vont vers le gouffre commun ;
L'hôpital se remplit de leurs soupirs. – Plus d'un

Ne viendra plus chercher la soupe parfumée,
Au coin du feu, le soir, auprès d'une âme aimée.

Encore la plupart n'ont-ils jamais connu
La douceur du foyer et n'ont jamais vécu !

Dans le quartier Avaricum, j'avais côtoyé des dizaines de prostituées. Leur courage face à la bassesse des hommes forçait l'admiration. Louisette, Marguerite, Pierrette étaient des femmes sans rivage. Elles ne pouvaient pas compter sur le roc d'une famille. Mes douces compagnes étaient abandonnées de tous. Elles jouaient le plus triste des rôles : celui de satisfaire le sexe des bourgeois. Ils venaient, se déshabillaient, copulaient, les chats de gouttière, affamés et sales, hoquetaient, payaient, repartaient en rasant les murs.

J'avais offert à Louisette un dessin des marais. Elle était heureuse car son grand-père possédait un jardin là-bas. Dans la rue, entre deux clients, elle me disait que ces moments avaient été les seuls jours paisibles de sa vie. Un 14 juillet, elle fut retrouvée dans sa chambre. La morte gisait sur son lit, nue, les jambes ouvertes. Le commissaire qui mena l'enquête me rendit le dessin. Il m'avait lancé, fier de son fiel, content de son vice qui remontait de ses entrailles acides : « Sinon, il finira salement dans le caniveau… »

Nous n'avons jamais su les raisons de l'assassinat de Louisette. J'ai vendu un petit dessin de la rue Moyenne pour acheter des lys et des roses. Le jour de l'enterrement, dans le cimetière d'Aubigny-sur-Nère, où elle était née, il n'y avait personne. La vapeur du brouillard épais flottait étrangement sur la ville des Stuarts. Le jeune curé ambitieux était pressé, son servant de messe en soutane rouge, un collégien rouquin, avait l'air abruti. La mise en bière d'une prostituée ne servait à rien pour l'avancement de la carrière sacerdotale. Pour sûr, la mort du marquis Jean-Charles de Vogüé serait plus lucrative.

Quand le pauvre cercueil descendit en terre, j'ai songé à son bourreau. Le corps supplicié de Louisette disparaissait. La pourriture ferait son travail. Le criminel assoiffé de sexe courait toujours. Il déjeunait sagement avec sa femme et ses enfants tout aussi sages. Les apparences étaient sauves. Une jeune bonne servait le déjeuner, l'épouse pensait à sa prochaine toilette, la petite famille du criminel vivait dans la douce illusion du bonheur. En songe, l'homme était déjà dans les bras de sa prochaine victime.

Aujourd'hui, dans mon armoire de fer, le dessin de Louisette est protégé par un joli papier de soie.

27.

Communiste

Depuis la fin de la guerre, ma conviction ne variait pas. Je soutenais le combat du Parti communiste français pour donner aux hommes un avenir plus radieux. J'admirais Waldeck Rochet, le secrétaire général, homme de lettres sensible, et son successeur, Georges Marchais, dont j'écoutais les beaux discours sur le poste de mes amis d'Asnières.

J'ai suivi la campagne de Jacques Rimbault pour devenir maire de Bourges. Je pensais même me faire inscrire sur les listes électorales. Il fallait par tous les moyens mettre dehors les capitalistes rassemblés autour de Raymond Boisdé. Les dévots d'Antoine Pinay adoraient le veau d'or. Récemment, la population avait dû se soulever, comme au temps des jacqueries, pour empêcher la construction d'une chambre de commerce à l'architecture futuriste devant la cathédrale. La bataille fut féroce car l'ennemi ne reculait pas si facilement.

La véritable gloire était du côté du peuple. Le PCF luttait contre la laideur de nos pauvres vies et permettrait d'édifier une société nouvelle. La route du bonheur était à ce prix. Quand je songeais à la misère des paysans de ma jeunesse, j'éprouvais une révolte sourde. L'homme des campagnes respirait la joie simple mais le travail était dur. À Vallenay, j'appartenais à la classe des privilégiés. Mes grands-parents étaient propriétaires d'une petite ferme quand la plupart de nos voisins devaient se contenter d'un métayage. Ils reversaient la moitié des récoltes à leurs propriétaires. Les foins, les veaux, les agneaux, jusqu'aux œufs et aux volailles, le petit métayer partageait tout ; seuls peine et labeur pouvaient rester son plein dû. Le paysan avait de quoi se nourrir et acheter deux ou trois vêtements. Les meubles de sa maison faisaient une vie. On commandait une chambre à coucher pour les noces et on mourait dans le même lit. Les cultivateurs dansaient aux fêtes patronales, aux feux de la Saint-Jean et pour les vendanges. Mais la gêne n'était pas moins terrible. Pour tenir, dans les champs, on n'hésitait pas à boire plus de vin – un rouge inoffensif – que de raison. Il n'était pas fort, dix ou onze degrés. Faute de viande, les journaliers les plus déshérités n'avaient que de maigres légumes à donner à leurs enfants.

Dans notre village, le curé priait pour soulager les misères. Ah, la belle intention ! Le reste de son temps, il était occupé à dîner chez le notaire Pinel et à faire sa cour dans les salons des Bigny. Près des cheminées, entre le gibier de Meillant et le fromage de Chavignol, on parlait gentiment de la disette paysanne. Le gosier rempli de la meilleure chair, l'abbé pensait à demander quelques subsides pour acheter des soutanes place Saint-Sulpice à Paris. Il porterait son vêtement neuf dans les châteaux du doyenné et si, par miracle, notre courtisan était reçu par l'archevêque, il aurait une occasion providentielle de se montrer sous son meilleur jour. Les chasubles cousues de fils d'or, les chaussures à boucles en argent, les tombés des surplis hantaient ses rêves.

À l'époque où mes parents se sont installés à Saint-Florent, j'ai découvert les conditions de vie détestables des ouvriers. Leurs journées étaient plus âpres qu'un buvard desséché ; les trépidations du bonheur de nos campagnes avaient fait long feu. Chaque matin, les ouvriers partaient vers les hauts fourneaux, les tuileries et les fabriques de caoutchouc de la ville. Leurs épouses étaient femmes de chambre ou cuisinières dans les maisons bourgeoises, tandis que les filles partaient à Bourges pour servir dans les hôtels particuliers. Elles ne pouvaient guère espérer mieux.

Le Parti communiste était seul à se soucier du sort de cette cohorte malheureuse. Mon père ne croyait pas à l'honnêteté de la SFIO. Il m'a transmis sa culture politique. Il me reste de « Soldat silencieux » cette certitude que le Parti représente l'avenir de la classe ouvrière.

À Bourges, j'achetais *L'Humanité* où je lisais les articles sur la décolonisation en Algérie et au Viêtnam. Je suivais l'engagement de la journaliste Madeleine Riffaud. Elle était poétesse et correspondante de guerre. Sa vie me semblait la plus belle trajectoire qu'un être humain puisse connaître. Dans les maquis du Viêt-cong, elle avait subi les assauts des bombardements américains. Je détestais ce peuple qui était un faux prophète de la liberté. Le progrès venait de l'URSS. Leonid Brejnev me plaisait particulièrement. Les gens aimaient Joseph Staline et Nikita Khrouchtchev, je préférais mon Brejnev au visage solide comme l'écorce du sapin des forêts de Sologne. Il avait l'allure d'un bûcheron qui aurait dédié sa vie à l'émancipation des masses besogneuses.

Je fus d'abord méfiant devant l'ascension de Jacques Rimbault qui arrivait de Vierzon où il avait été conseiller municipal du maire, Léo Mérigot. Ma doctrine était simple : on ne pouvait servir deux maîtres. Il fallait choisir, Bourges ou Vierzon. Puis j'ai compris que l'homme allait nous débarrasser de Raymond Boisdé. C'était un combat insigne. Il fallait bouter la droite arrogante hors de la mairie.

Le camarade Rimbault était un homme entier ; son sourire franc, sa démarche bonhomme, ses yeux vifs, sa poigne virile me rassuraient. Rita me disait que je me trompais. Elle était hantée par l'idée d'une arrivée des troupes soviétiques sur le sol français. Son patriotisme ne manquait pas d'imagination. Pour moi, la perspective de monter le drapeau rouge sur la tour de la cathédrale valait toutes les drôleries du monde…

Je faisais ma petite campagne en distribuant des tracts. Les passants s'en amusaient, et mes amis ne me reconnaissaient plus. Les élections municipales étaient fixées aux 13 et 20 mars 1977. Je m'étais installé non loin de la mairie et, de mon mirador improvisé, j'avais scruté les allées et venues des politiciens. Les grands lustres des salles d'honneur du premier étage étaient allumés. Le dépouillement battait son plein. Vers vingt et une heures, j'ai compris que Rimbault était élu maire de la ville. Une clameur magnifique sembla faire s'envoler les murs blancs de la grande bâtisse. Je suis parti sans demander mon reste. L'avenir était radieux. Dans les chemins boueux qui me ramenaient aux Gargaudières, j'étais certain que la jeunesse de Bourges vivrait mieux. C'était un soir de pleine lune, un signe d'espoir, et j'avais fait mon devoir. Bascoulard pouvait disparaître dans la nuit. Comme toujours.

28.

Les larmes

Les larmes solitaires sous la lune de juillet sont-elles plus belles que les chagrins dans la nuit froide de l'hiver ? Mes heures obscures se riaient des saisons.

J'ai parlé abondamment de Guite. Mais je veux encore dire le voile de tristesse qui s'est abattu sur ma vie après l'arrestation de notre mère, la tristesse qui débordait, m'empêchait de dormir. L'injustice à son endroit me révoltait et me brisait. Elle fut si malheureuse avec mon père. La seule réponse de la société était l'enfermement. Je n'ai jamais su répondre à cette sommation bestiale. Je n'ai su que pleurer. Avais-je d'autres choix ? Quand maman est morte à l'hôpital psychiatrique de Limoges, je vaquais aux occupations les plus insignifiantes. Est-ce ainsi qu'on respecte les cœurs anesthésiés ? Je n'étais pas présent à son chevet quand elle a rendu son dernier souffle et n'ai pas pu me recueillir devant son corps. On m'empêchait d'être à la messe des obsèques. Quand son cercueil est descendu en terre, dans un coin du cimetière, appelé le quartier des indigents, il n'y avait personne.

Les croque-morts ont recouvert de leurs horribles pelles le trou de la tombe et je n'ai pas accouru. Quelques semaines plus tard, un officier de l'état civil de Bourges venait m'informer de sa mort. Courrier recommandé, lettre simple, avis de décès, même tarif. Il a bégayé, sans que je comprenne s'il s'agissait d'une vague émotion ou d'une déformation de naissance, et il est reparti. Je l'ai regardé un long moment. Sa démarche traînante hypnotisait mes yeux.

Voilà comment les larmes ont remplacé la parole ; car après la mort de Guite, je n'ai jamais retrouvé le sens des mots. Les gens avaient peut-être l'impression que je parlais, mais ce n'était jamais le cas. Si je parvenais à exprimer ce que j'éprouvais, c'était parce que la chose n'avait aucune importance.

Pour oublier l'indicible, je divaguais dans les chemins, les champs, les marais. Je riais avec les oiseaux, je pleurais avec mes chats. J'étais peut-être stupide. J'étais peut-être l'idiot des marais.

J'avais la malchance d'être tendre. Mais la société est dure ; elle n'accepte pas les personnes qui font trop de sentiments. Je l'ai compris dès l'adolescence. Je pleurais pour un rien. À Saint-Florent déjà, j'ai passé des journées entières enfermé sans rien pouvoir faire d'autre que dessiner en pleurant.

J'étais trop émotif. Mon cerveau partait vite vers des contrées terribles. La mort d'un chat était un traumatisme dont je ne me remettais jamais. On pourra m'objecter le ridicule de ces peines enfantines. Les gens installés évoquaient bêtement une sensibilité de peintre. Ces insensés ne se rendaient pas compte que je pleurais sur leurs propres malheurs. Les enfants qui se moquaient d'un camarade plus fragile qu'eux, une vieille dame qui peinait pour porter son linge au lavoir les matins d'hiver, une jeune fille éconduite par son fiancé me plongeaient dans l'abîme.

Il y a quelques années, l'histoire d'une fermière voisine des Gargaudières m'a bouleversé pendant de longues semaines.

Louise Martin avait perdu son mari au début de la Première Guerre mondiale. Il avait cherché à fuir l'horreur des premiers combats pour la revoir. Mais il fut arrêté, puis jugé pour désertion. Alphonse Martin a été fusillé au peloton d'exécution le jour de Noël 1914. La nouvelle arriva jusqu'à la ferme de Louise une semaine plus tard, le 31 décembre. Dans l'armée, on sait se comporter. Le corps du jeune exécuté n'a jamais été rendu…

La jeune femme prit le deuil et rassembla son courage pour élever ses deux fils, Jean, âgé de trois ans, et Ernest qui n'avait que six mois. La France, bonne mère, lui accordait la pension des veuves de guerre. Il fallut faire fonctionner la petite ferme, ne pas rechigner, ravaler l'amertume, oublier le plaisir, vivre sans amour. La solitude des veuves était un chemin sans goudron. Louise ne voulait pas se remarier pour rester fidèle à la mémoire de son époux.

En 1940, au commencement de la Seconde Guerre, le gouffre s'ouvrait encore : Jean fut mobilisé. Après la débâcle, il fut fait prisonnier par les Allemands pour partir dans une ferme à la frontière entre l'Allemagne et la Pologne. Quand il est revenu, amaigri, la peau sur les os, le pauvre bougre était épuisé. Louise essaya de le soigner comme elle pouvait mais la pneumopathie qu'il avait contractée pendant l'horrible voyage du retour l'emporta au bout de trois petites semaines.

Les deux guerres avaient pris à Louise son jeune mari et son fils. Chaque jour, à la tombée du soleil, elle montait au cimetière pour s'occuper de la tombe de Jean. Elle portait les chrysanthèmes d'automne, les bruyères d'hiver, le muguet de printemps et les géraniums d'été.

Louise était dure à la tâche. Son domaine comptait huit hectares de terre, une vache laitière, deux vaches à veaux, une chèvre, quatre moutons, des lapins, quelques volailles, des poules, des canards et des pintades, ainsi qu'une petite vigne sur les coteaux. Dans la maison, il y avait deux pièces minuscules, une salle commune et sa chambre. Les toilettes étaient au fond du jardin. L'hiver, elle se contentait d'un pot de chambre. Pour moi, qui n'en possédais pas, c'était un avantage miraculeux.

Ernest s'occupait de sa mère mais son épouse, appelée « la Renée », n'aimait pas trop Louise. Personne ne savait pourquoi. Les déjeuners familiaux étaient rares. En général, elle restait seule quand les travaux de la ferme étaient finis. L'hiver, Louise s'installait près de son gros poêle en fonte pour s'atteler à son tricot. La plupart du temps, elle fabriquait des chandails pour Ernest.

Depuis l'automne 1970, on la trouvait fatiguée. Elle avait confié à mon ami André Godon qu'elle avait un cancer mais qu'il n'était pas question de se soigner. Un matin, vers onze heures, comme chaque jour, Ernest est arrivé. Il l'a cherchée en vain dans sa maison. Le fils de Louise a jeté un coup d'œil rapide vers le jardin. Il avait une mauvaise intuition. Le battant de la porte de la grange était entrouvert alors il entra mais la lumière déclinait peu à peu. Un orage montait au loin.

Ernest s'est avancé vers le fond de l'étable et il a vu le corps sans vie de sa mère qui pendait à la grosse poutre. À ses pieds, les deux vieux sabots de bois s'étaient échappés… Le corps était devenu si lourd que le garçon n'avait pas réussi à le descendre. La ferme ne possédait pas de téléphone. En toute hâte, essoufflé, le malheureux descendit en courant chercher André. La pluie tombait dru désormais mais les deux hommes revinrent aussitôt.

Ils l'installèrent sur son lit. Sa belle-fille, qui n'avait pas vu Louise depuis trois ans, prépara le corps. Dans la vieille armoire, elle trouva l'ensemble de laine chinée noire que Louise portait pour l'enterrement de son fils. Ernest pleurait. Il avait peur que le curé refuse des obsèques religieuses. Les relations de sa mère avec l'Église n'avaient pas toujours été très bonnes. Un jour, l'Abbé Angrand était passé chez elle pour le denier du culte. La réponse de Louise fusa : « Monsieur le curé, je ne vais rien vous donner. Ce n'est plus la même religion que dans le passé. »

Il tenta bien de la raisonner. Rien n'y fit. Quelques années auparavant, Louise n'avait pas accepté la disparition du latin à la messe.

Heureusement, le prêtre fut magnanime, fermant les yeux.

Dans sa cuisine, assis au bout de la grande table, André s'était tu. Lui aussi, il versait des larmes abondantes. Bientôt, on ne saurait plus à quoi ressemblaient les vies berrichonnes des temps anciens.

29.

L'exposition de 1968

La soirée devait être l'apothéose de ma vie de peintre. En réalité, le samedi 13 janvier 1968 me fut atroce.

À la maison de la culture de Bourges, on exposa cent cinquante de mes dessins. Ma désolation ne baissait pas la garde, elle était si folle que je ne voulus pas me présenter à l'inauguration. Vers dix-huit heures, de gros nuages roulaient du côté d'Avord, les premières étoiles s'allumaient, tandis que les visiteurs marchaient comme des ombres vers le joli bâtiment de briques rouges. J'étais resté seul aux Gargaudières.

Rita Parissi me représentait. Elle salua en mon nom les autorités de la ville. Le maire, son conseil municipal, le directeur de la maison, Gabriel Monnet, tous les notables berruyers admirèrent mon travail. Comment concevoir que ces beaux dessins, ces instants de grâce, trouvent un ultime souffle devant les bouches cousues de tous les édiles berruyers ?

J'espérais que Rita ne jugeât pas charmant de deviser avec les grands argentiers de la ville. Je nourrissais quelques doutes sur ses intentions cachées.

L'exposition avait pour titre : *Bascoulard.* Mon Dieu ! Les insensés avaient osé ! *Christe eleison !* Je devenais un objet d'admiration rapace. Pourtant, je devais aussi essayer de comprendre la joie des braves qui avaient travaillé corps et âme pour réussir la manifestation. Il n'était pas simple de rassembler tant de dessins dispersés.

Dans un livret élégant, Jean Favière, le conservateur des musées de Bourges, écrivait : *Bascoulard a fixé depuis déjà tant d'années bien des aspects disparus de Bourges. Pour les historiens et pour les amateurs, son œuvre prend dès maintenant un intérêt et une valeur de témoignage égaux à ceux de que l'on accorde à celle de Hazé, peintre et lithographe du Bourges romantique. L'avenir lui devra de nous avoir conservé l'image d'un Bourges pittoresque et insolite que l'évolution urbaine condamne à une lente mais sûre disparition.*

À dire vrai, je ne savais que penser des mots louangeurs qui tombaient comme des giboulées de printemps. Dans ce fatras, il y avait une part de vérité. Des rues, des places, des avenues ne pourraient plus tomber dans l'oubli. Je séduisais l'éternité. Mais je ne pouvais m'empêcher de rire. Et de pleurer. Tant de compliments, d'éloges, de faveurs me faisaient croire que j'étais déjà mort.

Prairie Saint-Sulpice inondée, encre, 1951 ; *Chemin de fer*, encre et lavis, 1963 ; *Butte d'Archelet*, encre et crayon de couleur, 1956 ; *Rue Viala*, encre et crayon de couleur, 1950 ; *Cathédrale vue des marais*, encre et lavis, 1955 ; *Vue du parvis depuis la Porte-Jaune*, encre, 1949 ; *Cathédrale de nuit vue du boulevard de Strasbourg*, encre et lavis, 1956 ; *Cathédrale en lévitation*, encre, 1966 ; *Cathédrale de nuit*, encre et lavis, 1963 ; *Le Guet aux ânes, rue du Pont-d'Avron*, encre, 1955 ; *Avaricum*, encre, 1956 ; *Rue Charlet*, encre, 1956 ; *Avenue de la Gare*, encre, 1954 ; *Bar Le Penalty, boulevard d'Avron*, encre et lavis, 1958 ; *Pont Saint-Privé*, encre et gouache, 1957 ; *Campagne sous la neige*, encre et lavis, 1955 ; *Place Planchat*, encre, 1958 ; *Avaricum de nuit*, encre et lavis, 1955 ; *Place de la barre de nuit*, encre et lavis, 1958 ; *Rue Calvin*, encre, 1958 ; *Avenue Jean-Jaurès*, encre, gouache et crayon de couleur, 1948 ; *Rue des Arènes*, encre, gouache et crayon de couleur, 1941 ; *Autoportrait*, encre et lavis, 1965, *Rue du Charrier*, encre et lavis, 1956 ; *12 rue des Écoles*, encre et lavis, 1956 ; *Rue Porte-Jaune*, encre et lavis, 1956 ; *Arcs-boutants de la cathédrale*, encre, aquarelle et crayon de couleur, 1962 ; *Frêne sous la neige*, encre et lavis, 1956 : les dessins défilaient, ils donnaient le tournis. On avait l'impression d'une production qui ne s'arrêtait pas. C'était un tourbillon, une tempête, un vent doux et implacable.

Le lendemain matin, avant l'arrivée du public, j'acceptai de me rendre à la maison de la culture. J'ai tout regardé, tout compris. Et je n'ai pas pu dire un mot.

Dix mille personnes ont passé les portes pour voir le travail du peintre des rues… Le soir de la fermeture, je suis venu une seconde fois. Ma vie s'étirait, mi-fatiguée, mi-lascive. On m'a dit que les visiteurs avaient été éblouis. J'ai compris soudain que mon œuvre survivrait à ma mort. Je n'avais rien fait pour diriger ma vie d'artiste, refusant avec obstination les conseils qu'on avait pu me donner. J'avais tout repoussé mais la postérité, qui m'importait pourtant peu, décidait d'imposer ses vues.

Pour moi, l'éternité ne voulait rien dire. J'espérais juste qu'en regardant mes dessins, des hommes pourraient ressentir les petites joies de mon cœur. Ces paysages, ces maisons, ces rues, ces églises ont été les moments lumineux de ma vie.

Je n'ai jamais voulu construire une œuvre. Je suis trop habité par le sentiment de la finitude humaine. Je crois que nous laisserons peu de traces sur cette terre. On ne se souvient même plus des architectes de la cathédrale de Bourges. Qui gardera la mémoire d'un pauvre peintre de la seconde moitié du XXe siècle ? Je faisais rire mon ami Marcel Pinon. Il me disait que mon raisonnement conduisait au néant. Mais c'est précisément ce que j'ai voulu : ne rien posséder, être loin des hommes, mourir dans l'indifférence de tous.

Voilà pourquoi l'exposition était tragique. J'embarquais sur une route que je méprisais.

30.

Dessiner

Tout au long des années, j'ai changé ma façon de dessiner. Avant la guerre, j'utilisais la couleur. Ce qui ne m'empêchait pas de rendre mes paysages mélancoliques. Puis, dès le début des années cinquante, j'ai utilisé l'encre de Chine. Cette période fut ma préférée ; mes dessins à la plume et à l'encre noire correspondaient exactement à ce que je ressentais.

Vers 1963, j'ai cherché sans grande conviction une manière plus douce, impressionniste, d'aborder mes sujets. Mais mon cœur était tourné vers l'encre de Chine. Je garde aussi une tendresse pour mes croquis abstraits et symbolistes. Il n'en reste pas moins que mon âme n'est pas dans ces lignes nues, dures, ou ces motifs secs.

Mes yeux m'ont joué des tours. Je me souviens de l'hiver 1966 dans les jardins de l'archevêché quand je ne suis plus parvenu à distinguer nettement les vitraux hauts de la cathédrale. Peu à peu, j'ai été obligé de dessiner de mémoire. Je revenais dans mon camion, scrutais anxieux des livres pour corriger ce que je n'arrivais plus à voir. Il fallait feindre. Comme les prostituées d'Avaricum.

Donc j'ai décidé de noyer mes sujets dans de grandes formes noires et blanches. Les gens pensaient prosaïquement que ma technique évoluait. Ils s'extasiaient devant la révolution de mon art. Je riais et m'inquiétais. Car je ne voulais pas me rendre chez un ophtalmologiste. Je répugnais toujours à la visite des gens de médecine. Surtout, je voulais que personne ne sache la vérité sur mes pauvres yeux enrhumés.

Pourquoi ai-je autant aimé l'encre de Chine ? Ce noir intense, émerveillé, rendait toute la poésie que je voyais dans les paysages les plus simples. L'encre noire était le miroir de l'humilité mystique où je noyais mes dessins. Elle traçait les lignes du monde comme j'avais décidé de le voir une bonne fois pour toutes. Sous son ombre, la vie prenait une épaisseur supplémentaire, une patine dense, mélancolique, figée. L'encre traversait les nuages et les brouillards de l'hiver. Elle pouvait rendre la pureté de la neige, des champs désespérés et des étangs interloqués.

L'encre de Chine se fichait de la superficialité de l'existence. Elle l'entraînait du côté de la mort. Dans mes dessins, la vie était immobile. Les hommes n'étaient pas ma préoccupation. Au contraire, ils me gênaient. Je voulais attraper la grâce de ce monde sans me préoccuper des corps. Il fallait juste que toute chose réifiée soit à sa place exacte : la tuile, l'herbe folle, la pierre d'un mur, le petit volet, la porte entrouverte, le vieux pavé.

Mon univers pictural est triste, atone, cloué. Les dessins ressemblent à s'y méprendre à la réalité mais mon œil qui ne dort jamais transforme le plus petit atome. Les rues, les devantures, les mille et un détails de la ville reflètent le réel nu ; mais mon désir d'incarnation était si fort que le dessin basculait d'un coup dans l'irréel.

Les soirs d'hiver, si je portais mes pas vers une route de campagne, fermée au loin par une maison perdue dans des champs recouverts de neige, je faisais le dessin le plus fidèle. Soudain ma vue s'évadait. Et la peinture disait la solitude, la nostalgie, la gravité du paysage miraculeux. Il advenait des images extraordinaires. Dans ce combat, l'encre de Chine était mon alliée.

Pourtant je suis nostalgique de ces couleurs douces d'avant la guerre. Que faire ? Mes dessins à l'encre plaisaient à la clientèle. Un jour, j'ai déclaré à un journaliste dont j'appréciais les articles : « Je regrette ce travail de copiste, de photographe qui n'exprime pas ce que je ressens. » Il y a toujours un moment où il faut s'adapter à l'exigence patronale !

Je ne me suis jamais préoccupé de l'argent et je n'ai pas de compte en banque. Mais il fallait bien nourrir les gentils chats. Ils me ruinaient avec leurs exigences…

31.

Un souffle contraire

Depuis l'hiver 1975, je me trouvais fatigué. À soixante-deux ans, j'étais trop jeune pour geindre. Mais quand je rentrais chez moi, mes jambes ne me portaient plus. Je devais me reposer contre un arbre pour reprendre de la vigueur.

J'ai toujours su que ma vie serait brève. Certes, un peu plus que celle du papillon. Le jour où ses ailes se fatiguent, il meurt dans les heures qui suivent. Un clochard qui n'a plus de jambes s'en va aussi. On ne peut pas mener une existence si rude sans que le corps ne réclame son dû.

Si je passais par les chemins boueux, il me fallait tant d'efforts que j'avais l'impression de sentir mon cœur bondir hors de mon corps. Il battait la chamade jusqu'à me laisser comme un pantin de cirque les soirs de représentation.

Tout avait commencé par un accident stupide dans le champ d'André. Ce 18 novembre, l'été était loin, et je marchais encore pieds nus. Je ne voulais pas abîmer les dernières chaussures que j'avais acquises dix ans auparavant. Donc j'étais occupé à ramasser des trompettes-de-la-mort quand un vieux clou rouillé se ficha au beau milieu de ma voûte plantaire. Dans la soirée, une vilaine crampe m'élançait, sans me laisser le moindre répit. Je n'avais aucun médicament. Le lendemain, la fièvre se déclara. La douleur était si forte que je ne pouvais plus faire aucun geste. Une infection semblait même envahir toute la jambe.

Mon voisin s'inquiéta de ne pas me voir puisque je devais venir faire cuire mes champignons chez lui. Il voulut prendre de mes nouvelles et me trouva dans une sale posture.

Bascoulard était démasqué ! Et méchamment, en plus. Mais je ne voulais pas consulter un médecin. Quelle déchéance…

La douleur insoutenable, qui s'était acoquinée avec la fièvre, chavirait jusqu'à mes mains qui tremblaient comme celles du criminel qui monte à l'échafaud. Prisonnier, je me suis rendu aux arguments d'André. Les grandes opérations commencèrent. Il fallut dépêcher un tracteur pour atteindre ma principauté où les chemins étaient gorgés d'eau tant les pluies d'automne avaient été fortes. Une fois chez André et son épouse, nous avons réussi à me traîner, tel un sac de blé inerte, jusqu'à la fameuse 4L. Et nous sommes partis vers le petit village de Fussy où consultait le médecin de famille des Gonin.

La femme du docteur Albéric Chartier, une dame de petite taille aux cheveux noirs ramassés en arrière par un chignon strict, nous attendait sur le pas de la porte. J'eus le sentiment qu'on lui avait déjà expliqué qui serait le drôle de patient de son mari. Je revois une maison bourgeoise discrète et élégante, sous une vigne vierge, à l'entrée du bourg. On me conduisit directement dans le bureau de consultation du brave praticien. Là, l'homme voulut d'abord procéder à la toilette du pied infecté et de toute la jambe. Je refusai catégoriquement. Après d'interminables palabres, j'acceptai qu'on lave uniquement la jambe blessée. Pourquoi toucher l'autre membre valide ? Le médecin me demanda quel médicament j'avais pris jusque-là. J'avais trempé mon pied dans l'eau du fossé humide qui se trouvait derrière mon camion, dis-je à l'homme de science qui manqua tomber à la renverse !

Albéric Chartier désinfecta la plaie béante dont il sortit un liquide épais et jaunâtre. J'avais mal. Mais il décréta que je devais être résistant à la douleur. Il était visiblement impressionné par la blessure. Avouons surtout qu'il fallait un certain courage pour s'occuper de moi. Finalement, en le regardant faire, je concédai que son métier était utile aux hommes.

Je voulais me tenir le plus loin possible du monde, et ce misérable clou me forçait à le rejoindre.

Je ne sais ce que la blessure a provoqué dans mon corps. Depuis ce moment pitoyable, je ressens une faiblesse, une fatigue, une tristesse supplémentaires.

Il fallait se rendre à l'évidence et, pour une fois, considérer honnêtement les choses concrètes. La vie que j'avais menée était éreintante. À échelle d'homme, elle était sauvage, barbare, guerrière. Depuis que j'ai quitté la maison de mes parents, je n'ai jamais eu de lit, de draps ou de couvertures. Dans ma cabine, je dors assis sur les vieux sièges cabossés. Quand j'étais à Bourges, dans le quartier Avaricum, je me reposais sur des planches, à même le sol. Je n'ai jamais eu d'assiettes, de couverts ou de plats pour cuire mes aliments. Je n'ai jamais eu de chauffage non plus. Je n'ai jamais eu d'eau courante, je n'ai jamais eu d'électricité, je n'ai jamais eu de toilettes. Le feu d'une cheminée, le bois d'un poêle sont des bonheurs que je connais peu.

On me répondra qu'on ne peut pas vivre dans pareilles conditions. J'ai traversé le siècle comme un gueux, un va-nu-pieds. Alors mon vieux corps n'en peut plus. Il est usé par les repas froids, les longs jours de jeûne, les bouteilles de lait qui tiennent lieu de viande, de légume et de sucre. Mon carême perpétuel m'amène sur les rivages du Styx.

Je suis une carcasse dégingandée, ballottée par les saisons contraires. Je n'ai jamais connu l'étymologie du mot « vacances ». J'ai voulu cette liberté, je l'ai aimée. Mais ce chemin s'achève par un précipice.

Ce sont mes yeux qui me désolent le plus. En ce moment, j'écris. Et je peine à former les mots. Comment dessiner si je ne peux plus voir correctement ? Les lignes sont moins précises, les formes se perdent dans de drôles de nuages, les volumes se tassent sans la moindre grâce.

32.

Cimetière des Capucins

Le chrysanthème était ma fleur préférée. J'entendais dire qu'elle sentait la mort. Les gens ne comprenaient pas les jaunes, les mauves, les blancs de ces pétales de cimetière. Les gros bouquets, les compositions fragiles n'étaient jamais aussi splendides qu'au jour où le gel venait. Le soir qui précédait les nuits de frimas, le chrysanthème se transformait en or.

Avant de quitter Bourges, il m'arrivait de faire un tour par le vieux cimetière dit des Capucins. Avec ses allées de mousse, ses sapins gigantesques, sa vue latérale sur la cathédrale, il était vierge des outrages habituels du temps. Dans cet îlot, j'aimais le bruit lointain de la ville qui ne ressemblait pas aux chicanes routinières. Je regardais les tombes de façon compulsive, scrutais les noms des grandes familles. En automne, si le froid n'était pas trop vif, la forêt des marronniers gardait longtemps sa couleur irisée qui donnait au ciel de drôles d'accents vespéraux.

Le carré du cimetière réservé à la noblesse me fascinait. Les patronymes aristocratiques tournoyaient comme à Gravelotte : Pantin de la Guerre, Dubois de La Sablonière, Gardien de Verzun, Rameau de Saint-Père, de Bengy de Puyvallée, Baille de Beauregard, de Châteaubodeau, de Lattre de Tassigny…

À l'inverse, je n'avais aucune complaisance pour l'enclos réservé aux religieuses avec ses tombes blêmes et ridicules. Mère Léonie Beau de Brive, Mère Aimée Bruté de Rémur, Mère Anne-Virginie Toubeau de Maisonneuve, Mère Marie-Aspasie de La Rochefoucauld faisaient moins les malines dans leurs décors falots.

J'étais joyeusement injuste pour les monuments funéraires des bénédictines, des ursulines, des visitandines – ah le souvenir effrayant de l'irascible Jeanne de Chantal –, des annonciades et des carmélites. D'ailleurs, l'œil noir occupé à rêvasser devant ces occupantes de sinistre mémoire, je me trouvais trop indulgent. À la Révolution, pendant la Grande Terreur, aurais-je demandé miséricorde et clémence laïque pour les vierges du bon Dieu ? Le sang qui coule est toujours une défaite de la raison. J'aimais Robespierre et Saint-Just. Mais il fallait s'occuper de politique, pas de corps dépecés. « Les têtes tombaient comme des ardoises par temps d'orage », disait l'accusateur Fouquier-Tinville, à l'intelligence malmenée par une ambition de Viking !

Rita objectait sans cesse que derrière les murs de leurs monastères, les nonnes ne faisaient pas de mal.

Certes, elles avaient l'élégance de ne pas venir nous narguer trop souvent dans les rues de la ville. Mais si je voyais quelques cornettes des sœurs de la Charité autour de la cathédrale, je m'agaçais. Elles avaient une remarquable propension à se pavaner avec leurs coiffes immaculées qui donnaient l'impression qu'elles allaient s'envoler dans les hauteurs métaphysiques. Les filles de Saint-Vincent-de-Paul habitaient une bâtisse impérieuse aux allures de caserne qui domine les marais de l'Yèvre et de la Voiselle. On me disait qu'elles s'occupaient des pauvres, des infirmes et des malades. Pourquoi pas.

Bientôt, elles seraient allongées dans les tombes du cimetière. J'étais certain de mon fait. Le système féodal allait s'effondrer. Il n'en resterait rien. Et les cornettes blanches comme des hosties deviendraient aussi grises que la poussière des tombes.

Dans « Les belles familles », Jacques Prévert écrivait :

Louis I
Louis II
Louis III
Louis IV
Louis V
Louis VI
Louis VII
Louis VIII
Louis IX
Louis X (dit le Hutin)
Louis XI

Louis XII
Louis XIII
Louis XIV
Louis XV
Louis XVI
Louis XVII
Louis XVIII
et plus personne plus rien... qu'est-ce que c'est que ces gens-là qui ne sont pas foutus de compter jusqu'à vingt ?

Dans le cimetière des Capucins, je me disais à mon tour : qu'est-ce que c'est que ces religieuses-là qui ne sont pas foutues d'être enterrées comme tout le monde ?

Au soir, quand je quittais les lieux, et que les ombres s'allongeaient, j'allais me recueillir devant la tombe de Michel de Bourges, l'amant de George Sand, et qui fut son avocat. C'était plus plaisant que de perdre mon temps à me demander si Mère Jeanne-Sidonie de Montalembert avait bien été dévorée par les vers de terre gourmands.

33.

La métamorphose

Baudelaire a écrit que « la forme d'une ville change, hélas, plus vite que le cœur d'un mortel ». À Bourges, comme ailleurs peut-être, un changement sans retour eut lieu dans les années cinquante. Ce n'était pas une question de cœur, ni d'âme, ni de sauvages. On disait que le coupable avait un seul nom : la modernité qui prenait un plaisir sadique à transformer l'homme en robot.

Depuis mon arrivée, à l'automne 1934, il n'y avait rien de nouveau dans la ville. Le cours des rivières ne débordait pas. J'aimais ce temps suspendu, ces figures noueuses de mon enfance, ces saisons épaisses qui ne se trompaient jamais de rendez-vous. Ensuite la guerre a figé la vie. Nous étions des flaques.

Mais je croyais aussi au progrès, je voulais dynamiter le vieux monde, je rêvais d'une révolution. Mes modèles étaient du côté de Kaliayev et de Dora dans *Les Justes* d'Albert Camus, qui venait de paraître. Je m'étais précipité à la bibliothèque municipale pour dévorer la pièce. À dire vrai, j'étais un homme écartelé entre la nostalgie et l'espérance. Grâce au ciel, les années cinquante ont pris les décisions à ma place.

En août 1949, le grand tram s'est arrêté. Il traversait les rues de Bourges comme une vieille machine Napoléon III. L'arrêt des rames anciennes a sonné le glas. Sur le moment, on n'a pas compris. En vérité, le tram, c'était le vieux monde qui crevait sans fleur ni couronne, remplacé par un service de bus élégant et moderne. Les voyageurs volaient d'une place à l'autre de la ville, et les journées étaient plus légères. Au même moment, le grand séminaire où les archevêques avaient préparé leurs légions pour recouvrir avidement le Berry de soldats zélés, remplacé en 1822 par la caserne Condé, qui logeait le régiment d'artillerie, est devenu un centre administratif. Les gentils fonctionnaires succédaient aux soldats et aux prêtres. En 1951, le Grand Café de la rue Moyenne baissait une dernière fois son rideau de fer. Les gradés des garnisons avaient quitté les lieux. L'affaire n'était plus rentable. Les bureaucrates viendraient-ils prendre un petit sancerre après leurs heures millimétrées à calculer les impôts des braves citoyens ? *Alea jacta est.*

Le 8 mai 1951, on inaugura en grande pompe le monument de la Résistance ; la mairie voulait honorer les héros des maquis et la fin de la guerre sur notre sol. Ce geste me parut d'autant plus cocasse que la paix était loin d'être le lot commun de l'humanité. Les combats en Indochine et en Algérie exigeaient de l'armement. Les établissements militaires de Bourges tournaient à plein régime. Ils avaient besoin de main-d'œuvre. On fabriquait des missiles sans honte ni remords.

La population passa de cinquante-trois mille habitants en 1954 à soixante et un mille en 1962. Les paysans se pressaient à la ville. Ils y trouvaient facilement du travail. Cette cohorte incessante provoqua ce que les journalistes appelaient sans crier gare « la crise du logement ». Une famille d'ouvriers venue de la campagne avec quatre enfants s'entassait dans des sous-pentes de cinq mètres sur quatre. Une autre avec six petits, dont deux nourrissons, se retrouvait dans une buanderie au fond d'une cour sans soleil. Tant de Berruyers ne savaient plus comment faire pour donner un peu de couleur à leur vie. Alors on construisit des HLM ; c'était un eldorado, une bénédiction, un éden…

Après la canalisation de l'Yévrette, le nouveau quartier d'Avaricum est sorti de terre. Des pelleteuses, des grues, des maçons détruisaient les vieilles maisons que j'aimais tant. Dès 1955, une armée de mal-logés trouvèrent un appartement neuf à la cité de la Chancellerie. Pour achever la mue, on a construit de nouvelles écoles ; cent dix-sept classes et cinquante-trois logements de maîtres ont vu le jour pendant les années 1958-1960. La mairie acheta des terrains pour établir un lycée de garçons aux Gibjoncs, qui prendrait le nom d'Alain-Fournier.

Le 7 mai 1959, vers dix heures trente, l'entrée triomphale de Charles de Gaulle fut digne de la *Marche pour la cérémonie des Turcs* de Lully. Voilà l'apothéose de la décennie.

Mais quelle tristesse aussi ! Le 1er février 1955, Jacques Chaban-Delmas a signé un décret qui déclassait le canal de Berry. Les cris des mariniers ne résonneraient plus le long des berges. J'aimais ces forçats qui tiraient les longues péniches avec leurs ânes qui ne rechignaient jamais. Les braves bêtes avaient toutes les qualités. Depuis son enfancc, du lever du soleil à la tombée de la nuit, le marinier marchait près de quarante kilomètres, derrière les mulets. Souvent, pour toute nourriture, il mangeait du pain sec. Pire, il devait haler sa péniche avec un pauvre harnais. Sur le bateau, les humains étaient moins bien traités que les bêtes. Peu à peu, tout a périclité. Et le métier est mort.

Nous avons cru que le progrès était en marche et que rien ne pourrait l'arrêter. Un jour, chaque père de famille disposerait de sa 2CV. Je m'enthousiasmais et je m'inquiétais en même temps. Quelque chose d'indéfinissable n'appartenait plus au cours ancestral de l'histoire. L'homme changeait. Longtemps, je ne suis pas parvenu à comprendre cette mue. On modifiait jusqu'à notre manière de respirer. Pire, nous avons envoyé le bonheur par-dessus bord. Il suffit de marcher sur les bords du canal pour s'en rendre compte. Les mariniers, les mulets, les ouvriers ont disparu. Maintenant, il y a de gentils promeneurs, des gens qui cherchent du bon temps. Les fossettes acidulées remplacent les gueules burinées.

Dans les années soixante, on a vu arriver les premiers touristes. Un beau matin, en regardant les visages des voyageurs qui ne méritaient pas ce nom, j'ai compris que la ville que j'aimais était en train de bêtifier.

Ils admiraient la cathédrale, s'extasiaient devant les vieilles maisons à colombages, rêvaient sans rien comprendre devant la façade du palais Jacques-Cœur, marchaient main dans la main, s'embrassaient dans les allées Art déco du jardin des Prés Fichaux, cherchaient des restaurants et goûtaient la bonne chère du pays. Je trouvais ces gens assommants. Ils venaient quelques heures et disparaissaient à la manière de marchands de sable.

L'âme des rues populeuses s'envolait, les gens n'avaient plus le même regard, la même simplicité, la même certitude. Ils ne se connaissaient plus. Ils ne se regardaient plus.

Leurs automobiles filaient à toute allure sur les boulevards. Personne ne savait vraiment vers où.

34.

Soleil couchant

En novembre 1976, pour la première fois, je suis retourné à Saint-Florent. Le voyage m'a laissé un souvenir des plus amers. Je marchais dans la rue qui mène à l'ancienne maison de mes parents quand un garde champêtre m'a interpellé. Je n'avais aucun papier d'identité dans ma blouse. Alors il s'est lancé dans un interrogatoire étrange. L'homme au képi, et aux joues rouges comme un mauvais vin de table, ne comprenait pas les raisons de ma venue. Camille Laville, un voisin qui ne m'avait pas oublié, est venu à mon secours. Par chance, l'affreux lui faisait confiance.

La ville s'endormait. Je ne comptais pas les commerçants qui étaient partis à la retraite. L'épicerie, la boucherie ou le café étaient désormais des maisons sans charme. À la place des anciennes devantures remplies de victuailles, des rideaux opaques fermaient les portes et donnaient le cafard. Qui aurait pu retrouver le parfum des lieux joyeux sur ces pavés déserts ?

Les soirs d'été, les gens sortaient devant leurs maisons. On installait des petites chaises. On évoquait des choses de la journée. On badinait sans façon. Partout, dans les rues, les conciliabules créaient un brouhaha rassurant.

Maintenant, les hommes se terraient dans les cuisines. Ils regardaient un poste de télévision. Les anciens sortaient toujours. Mais pour combien de temps ? Ceux-là ne voulaient pas entendre parler des satanés écrans qui rendaient les regards vitreux.

Le monde se retournait. À Bourges, la population changeait ; mais si je sentais que nous entrions dans un temps où l'homme n'aurait plus la bonne place, un instinct de vie demeurait. Alors qu'à Saint-Florent, même les chiens rasaient les murs.

Il fallait achever le pèlerinage. Je voulus revoir Vallenay et Faverdines, où ma peine déborda.

Autrefois, ces petits bourgs étaient désarmants de simplicité. Je me souvenais de la bonté paysanne. Je me souvenais des saisons miraculeuses, des bêtes dans les prairies, des vendanges, des basses-cours pleines de poules, de canards, d'oies, du vent d'automne, des chemins joyeux, des fermes où tout chantait, des cimetières fleuris, des femmes en blouse noire, des hommes courageux. Les jours interminables de juillet, les travaux des champs duraient jusqu'à la tombée de la nuit. On nourrissait le monde. En ce temps béni des batteuses, des chars de paille aussi hauts que les toits des maisons, de la fatigue, des rires, des odeurs du foin séché, nous étions insouciants. Le curé passait à vélo, on le saluait, qu'on l'aime ou qu'on le déteste, les femmes partaient vendre leurs lapins au marché de Saulzais-le-Potier, les enfants ramenaient les troupeaux de chèvres après l'école.

Dans ma mémoire, ces images, ces impressions, cette pureté étaient restées incorruptibles. Comme les corps des saints. Je n'avais rien oublié, je ne pouvais rien oublier. Pour toujours la terre du Berry se mêlerait à ma propre chair. Elle était logée dans le coin le plus précieux de ma mémoire.

Que s'était-il passé ? L'odeur des champs s'écrasait, le contour des arbres n'avait plus la poésie de ma jeunesse, le chant des oiseaux tournait si bas qu'on ne l'entendait plus. Une tristesse lente collait aux maisons. Les âmes des morts flottaient. Ici ou là, on voyait encore des jeunes partir à mobylette. Mais la vie se délavait. Les saisons passaient comme autrefois. Avec moins de vigueur, et sans grand monde pour y prêter garde.

Des Parisiens achetaient d'anciennes locatures pour en faire des maisons de vacances. Ils avaient une prédilection pour les ruines. La maison des Dumontet, du côté de la mare au diable, s'écroulait sur elle-même. Les herbes folles passaient le pas de la porte. Des gens inconnus qui habitaient du côté de Melun, en Seine-et-Marne, se sont mis en tête de la rebâtir pour profiter de leurs congés payés. Lui était professeur d'anglais dans un lycée, elle était secrétaire dans des bureaux dont j'ignorais la fonction. Ils arrivaient le vendredi soir dans leur Renault 5 rouge. Ces urbains ont fait toutes sortes de travaux. Un jour, la dame a même décidé de peindre les vieux arbres fruitiers en jaune poussin et vert pomme. Au bout de trois ans, ils ont mis la maison en vente chez le notaire de Culan. Nous ne les avons jamais revus. C'était, paraît-il, la vie moderne.

L'école de Faverdines avait fermé ses portes. Les enfants prenaient le car pour aller au chef-lieu de canton. L'épicerie des sœurs Picandet rencontrerait le même destin. Le sabotier, Maxime Chagnon, n'exerçait plus, et à Saint-Amand-Montrond, on avait ouvert une maison de retraite. Les vieux s'exilaient pour mourir.

Le village n'avait plus rien à dire. C'était un chemin qui partait dans la nuit. Bientôt il ne resterait que des ombres malheureuses. À Vallenay, au nom du remembrement, on avait arraché les haies des champs. Les oiseaux ne savaient plus où faire leurs nids. Du côté de Faverdines, grâce à Dieu, les hommes avaient été plus intelligents.

Je regardais les corbeaux dans les champs fraîchement labourés. Ils volaient sur des terres qui n'étaient plus aimées. De gros tracteurs avaient remplacé les paysans attentionnés. Le progrès était une hydre égoïste. La course folle au rendement tuait sans pitié. Avec un sourire enjôleur, elle savait cacher ses vues carnassières.

Vers trois heures de l'après-midi, je marchais le long de la grand-rue. J'aurais pu chanter à pleine voix, personne ne m'aurait répondu. Je grimpais la petite colline de l'église. Soudain, j'ai deviné au loin un enterrement. Je suis resté stupéfait. C'étaient les obsèques de Marguerite Auroux, qui avait longtemps tenu l'auberge de Grand-Maisons près de l'école. Des larmes coulèrent sur mon visage. Je me suis caché sous l'auvent de l'étable du domaine qui longe l'église. Les volets de la maison étaient fermés. Avant, elle appartenait à Jean Prinet, un ami de mon grand-père. J'eus l'impression qu'il n'y avait plus personne. Je regardais les villageois qui sortaient de l'église pour entrer dans le cimetière. Le vent s'était levé, les bourrasques emportaient les fichus noirs des femmes et les chapeaux bas des hommes. Cette classe allait passer. Après eux, il n'y aurait plus personne.

Ils ne m'avaient pas reconnu. J'avais filé avant que la mise en terre ne s'achève. Je savais que je ne reviendrais jamais. Pour moi aussi, la fin était proche.

J'avais traversé les hameaux et les villages, Montrevaux, Gariot, Saulzais, Le Grand-Bord, Poisieux, Bouzais. Un brouillard montait au loin. Je devinais des présences fantomatiques. À Saulzais, les portes des derniers commerces étaient fermées. Le restaurant de Marie Cagnot, qui accueillait les chasseurs pour des banquets mémorables, n'avait pas trouvé acheteur. Elle avait repris l'affaire de ses parents et ne s'était jamais mariée. Pour les baptêmes, les mariages et les communions, la grande salle débordait de gens heureux. Marie avait dû mourir de chagrin. J'étais pétrifié, incrédule.

Partout, des maisons tristes, des fermes esseulées, des domaines abandonnés. À force, les grilles des châteaux, les clochers des églises, les frontons des mairies, les cours des écoles, les jardins ordonnés me donnaient le mal de tête. Je connaissais chaque lieu. Le monde de notre enfance, les villages de ma mère, disparaissait.

À Saulzais, j'ai franchi les grilles du cimetière, marchant au hasard des longues allées qui descendaient jusqu'au calvaire. Je connaissais les noms sur les tombes. Je connaissais les dates. Je connaissais les histoires. Rien ne m'était lointain ; les visages revenaient tous. Solange Gambade habitait au bourg, près de la boutique du maréchal-ferrant, la veuve Delouche tenait l'épicerie, près de la mairie, Marie Giraud était une vieille fille qui travaillait comme cuisinière chez la pharmacienne, Alphonsine Canifet, au caractère bien trempé, Raymonde et Marcel Vangeon avaient une ferme à La Foye, Mauricette et Camille Bridier, une locature du côté de l'étang de la Loubière, Gilberte et Jean Accolas, Marguerite et Louis Rabret se trouvaient du côté des Mazières. Mon cœur ne battait plus. Il était accroché à la croix de la tombe de Simone et Lucien.

Le monde s'était écroulé ; il ressemblait à ces maisons aux volets fermés, aux tuiles des toits qui tombaient, aux chemins envahis de ronces, aux vies évanouies, aux squelettes décharnés dans une terre désolée.

Une pluie fine commença de tomber. Un avion partait haut dans le ciel. Au loin, je ne pouvais plus distinguer le clocher de l'église. Je remontais le col de ma veste comme si ce geste avait signifié mon départ éternel. J'ai quitté la dernière demeure de nos amis sans demander mon reste. Les épaules basses, les yeux rouges, la démarche mal assurée, je regardais le sable sur le sol qui déposait une fine couche de poussière mouillée sur mes chaussures.

J'ai pris le train à Saint-Amand. À six heures du soir, quand il s'est élancé, j'ai regardé longtemps le soleil tomber maladroitement sur la campagne. Il était beau quand même.

Et je suis revenu dans mon camion des Gargaudières, fatigué, fragile, presque inconscient.

35.

La vie, la nuit. Toujours.

Toutes les nuits, depuis sa mort, maman me parlait. Je l'entendais mieux dans l'obscurité qui se faisait.

Sous les pleines lunes, il y avait quelque chose qui rendait mon sommeil difficile. Et je n'aimais pas les étoiles. J'ai toujours eu l'impression qu'elles étaient peuplées d'âmes tourmentées. Je préférais regarder les avions. Leurs vols, les allers, les retours, dans le ciel noir profond me rassuraient. Les petites lumières rouges qui signalaient des présences me faisaient songer aux feux sur les rails.

Il y avait aussi Victor Hugo. Ce grand écrivain, je ne l'ai jamais vraiment aimé. Mais un poème était plus beau. Je n'ai cessé de le réciter lors de mes nuits blanches :

Puis la nuit fait un pas encore.
Tout à l'heure, tout écoutait ;
Maintenant nul bruit n'ose éclore ;
Tout s'enfuit, se cache et se tait.

Tout ce qui vit, existe ou pense,
Regarde avec anxiété
S'avancer ce sombre silence
Dans cette sombre immensité.

C'est l'heure où toute créature
Sent distinctement dans les cieux,
Dans la grande étendue obscure
Le grand Être mystérieux !

Je n'ai jamais été aussi certain de l'absence de Dieu que la nuit. Quand le silence est parfait, il pourrait venir nous parler. Les hommes se reposent, ils ont achevé le travail. Leurs oreilles seraient disposées à entendre les messages divins. Mais rien ne se passe. Nous attendons en vain. Si Dieu existait, il aurait le droit de nous réveiller. Nous accepterions volontiers de sortir engourdis d'un sommeil réparateur. Mais Dieu n'a que son silence obsédant à offrir aux miracles sans parole de la nuit. Pour moi, la chose est entendue. L'obscurité raconte la fable du divin.

J'aimais les nuits d'hiver qui n'en finissent plus, quand les hommes, sans distinction, sont des dieux. À la belle époque, dans les années cinquante, je préparais chaque nuit mon dessin du lendemain. Je lisais les notes que j'avais prises sur des carnets de fortune. Pour mes peintures de la campagne, je cherchais longuement le lieu où j'arrêterais mon regard. Je faisais quelques croquis, notais des impressions, des mesures, des repères. Vers une heure du matin, dans l'obscurité, je reprenais ce travail et je voyais enfin sortir des limbes le dessin qui vivrait plus tard.

Ma vie nocturne est devenue plus éprouvante quand j'ai dû réaliser les mêmes dessins répétitifs pour vivre. J'ai croqué des centaines de fois la cathédrale et les gentilles rues de Bourges. Ce calvaire affectait beaucoup mon moral. J'ai décidé que j'exécuterais ces dessins sans âme la nuit. Parfois, si j'étais riche, je m'éclairais d'une modeste bougie. Mais, souvent, dans le noir, je dessinais, à l'aveugle, de mémoire.

La société capitaliste n'aime pas la nuit. L'obscurité est la source d'une inquiétude latente et le désir bourgeois des fiches de police s'y fait plus complexe. La nuit, l'homme n'est plus au service du grand appareil de production. Il est libre, il rêve, il part loin des sentiers battus.

Les rues dépeuplées de Bourges sous une lune gibbeuse valent tout l'or du monde. Je donnerais mille dessins supplémentaires si on m'offrait de déambuler dans cette ville, sans âme qui vive à l'horizon. Ils peuvent appeler mon rêve avec tous les mots de la folie qui les amusent. Je m'en fiche. La population serait partie loin. Tout serait confusément désert.

Heureusement les gens dorment. Tout reste possible alors. Je pense d'aise à mes déambulations hypnotiques dans les vieux quartiers. Les pas de côté, le silence envoûtant, la liberté pressante, la danse des ombres, c'est ainsi qu'il faut se figurer le paradis. Le temps passait vite, et déjà venait la pleine lune des neiges.

36.

Beau malheur

Depuis la fin des années soixante, la tristesse était mon état quotidien. La présence de Rita me rassurait. Mais elle ne réussissait pas à tuer mes idées noires.

Le travail devenait toujours plus difficile. Ma vue baissait : la femme d'André pensait que j'avais une cataracte. Elle m'expliqua que ce voile qui s'était incrusté sur mes yeux sans avoir la politesse de me prévenir nécessitait une opération. Je n'avais jamais voulu entrer dans un hôpital, même pour aller voir des connaissances. Je préférais quitter la terre aveugle plutôt que de consulter un chirurgien.

J'arrivais à un moment où je ne pouvais échapper à l'exercice de l'inventaire. J'étais certain que mes dessins en noir et blanc passeraient à la postérité. Mais un sentiment d'inachèvement me taraudait. Je m'étais dispersé. Dessin, photographie, cartographie, travail de mode, poésie : j'aurais dû choisir. L'autre jour, j'ai lu que Jean Cocteau avait connu le même drame. Romancier, poète, peintre, dramaturge, cinéaste, dessinateur, céramiste, tapissier, lithographe, l'académicien s'est perdu dans les bras de trop de muses. Les gens ne sont pas capables de comprendre une création polymorphe. Ils ont peur. Ils crient au monstre. Le créateur est un homme malheureux par nature, par naissance, par déraison. Il ne sert à rien d'ajouter une couche de désespoir par une vie désordonnée. J'ai griffonné des mots de Jean Cocteau dans *Opium* sur un coin du calendrier des Postes de l'année 1975 : *La sagesse est d'être fou lorsque les circonstances en valent la peine.*

En art, il faut suivre une seule route. Je m'obstine à choisir l'inverse.

Mes centaines de dessins de la cathédrale s'éparpillaient à la façon des enfants qui se séparent à la sortie de l'école. Des planches dormaient chez des amis fidèles, d'autres étaient entre des mains inconnues.

J'avais pris conscience de cet échec après l'exposition à la maison de la culture. J'étais en apesanteur. Je naviguais entre mes chimères. Mais je savais qu'il manquait une unité, un ordre, un principe. C'était trop tard désormais. Après moi le déluge !

Je n'en voulais à personne car j'étais le seul responsable de ce que je ressentais comme une tragédie. Je n'avais pas non plus été capable de conserver mes photos et mes négatifs. L'affreuse humidité qui régnait aux Gargaudières rendait cet art impossible.

Comment me plaindre ? Le temps passé à dessiner fut peuplé de tant de grâce. Dans ces moments extatiques, je parvenais enfin à repousser les nuages noirs. Mais quand le dessin s'est avéré plus difficile, mes paradis se sont évanouis. Sans la peinture, il ne me restait rien.

Je cherchais la beauté. Si je la trouvais, je ressuscitais. J'avais envie de me dissoudre dans le ciel.

Elle m'échappait ? Alors, je me fanais, je dépérissais, je mourais. Je devenais semblable à une feuille d'automne. Elle quittait l'arbre, voltigeait, et tombait sur le sol.

Heureusement, il y avait la poésie. Avec elle, je défiais la mort. Je faisais mes brouillons sur des cartons de paquets gâteaux Belin, puis je recopiais l'ultime version dans un petit carnet.

Je notais scrupuleusement chaque détail qui me donnait le sentiment d'infliger une punition aux calendriers, sans parler des horloges, exécutrices zélées de leurs basses œuvres.

Poème réalisé le 19 février 1977, à trois heures-six heures soir, dixième quatrain : dix heures soir. Quelques mots changés à la recopie au propre, le 23 février 1977 matin.

À mon frère Roger
Cher frère, tu l'as su : l'effluve d'une mère
S'est imprimé en nous, quand il fallut souffrir
La paternelle hargne et sa présence amère
Le drame ? Il éclata sous un juste calibre ;
L'héroïque recours dans la témérité

Nous donna l'existence – enfin ! – un peu plus libre (21 septembre 1932).

Je m'adonnais à ce travail trompe-la-mort depuis longtemps. Je n'ai pas retenu le cours des saisons ; mais j'ai sauvé ma vie.

Un ami m'a demandé l'autre jour ce qui manquait à un clochard. Je lui ai répondu sans l'ombre d'une hésitation, le regard droit, la voix claire : le temps de vivre parmi les hommes.

En octobre 1950, j'ai écrit « Spleen ».

Ô tendre effluve moribond !
Ô pleurnichant, beau désespoir,
Où la mort rousse vagabonde,
Me verras-tu finir, un soir ?
Pour qu'enfin seul, sans sépulture,
Autre que celle de la nuit,
Je reçoive, aimante nature,
Tes ronds d'amertume, sans bruit !

Je voudrais que mes dernières heures ressemblent à ma poésie. Mon corps inanimé pourra s'assoupir dans l'herbe, au milieu des fleurs jaunes de pissenlits, les plus méprisées de toutes, et ma petite âme glorieuse volera avec les oiseaux. Je retrouverai les chants du passé. Personne n'a encore compris. Les sifflets des tourterelles, les gazouillis des hirondelles et des colombes ne jaillissent plus comme avant.

37.

Ils rôdent

Pourquoi ai-je eu l'idée saugrenue de proclamer à la face du monde que j'étais « archimillionnaire » ? Je n'aurais jamais dû dire pareille sottise. Un journaliste d'une radio de Paris que je ne connaissais pas m'avait agacé avec des questions stupides sur ma façon de peindre. En général, je rencontre les personnes qui veulent m'entretenir dans les rues de Bourges. Ce matin de juillet, il faisait chaud et j'ai bien voulu recevoir Stéphane Collaro dans mon champ. Le soleil m'a toujours joué de méchants tours…

Quelques semaines ont passé sans difficulté puis un jeune homme qui se prétendait artiste m'a envoyé une lettre où il me demandait des sommes d'argent pour l'aider à parer au plus urgent. Il disait manquer de tout. J'ai eu le grand tort de l'aider par pitié pour sa situation. Ce n'était pas la première fois que je venais en aide à une personne dans le besoin. Mais j'ai compris qu'un mauvais coup se tramait quand j'ai su que mon correspondant allait être incarcéré pour dix-huit mois à la prison de Chartres.

Depuis sa cellule, il continuait à m'écrire. Le méchant se révélait exigeant et autoritaire. Je craignais son retour à la liberté car il avait autour de lui une petite troupe. Mon bandit voulait aussi que je me montre généreux envers ses amis. Le pire pouvait advenir : loin de la prison, ils viendraient sans doute me harceler à Bourges.

Un beau matin, la prémonition est devenue réalité. Ces chiens galeux n'ont pas perdu de temps pour prendre la route. Ils étaient convaincus que j'avais au fil des ans accumulé un magot qui leur permettrait de vivre facilement.

Ils me demandaient toujours plus. Cent francs, deux cents francs, cinq cents francs.

J'ai sonné à toutes les portes. Personne ne me croyait. En décembre, la femme d'André Godon a alerté la gendarmerie qui n'a rien fait. Le clochard travesti harcelé par une bande de voleurs ? Allons, voyons, quelle plaisanterie sympathique ! Les hommes de loi n'étaient pas loin d'imaginer une supercherie que j'aurais montée de toutes pièces pour faire le malin. Les idiots m'auront persécuté jusqu'à la dernière gorgée.

Ma vie devenait impossible et les monstres m'avaient prévenu : si je ne donnais pas l'argent dont ils avaient besoin, je pouvais réserver une place au cimetière. Ils m'avaient même dit qu'ils m'étrangleraient avec un bout de fil de fer. Je ne savais plus à quel saint du calendrier me vouer. Pourquoi personne ne voulait-il me croire ? Ils m'ont suivi dans les rues de Bourges pour savoir dans quelle maison je cachais mes coupures de banque. Ils s'en prendraient sans hésiter à mes proches s'ils décelaient de prétendus indices.

J'ai été obligé de me cacher dans les chemins. L'autre jour, je les ai vus se diriger vers Les Gargaudières. Mais j'étais replié dans un sous-bois, à l'autre bout du champ. Quand je suis revenu, vers deux heures du matin, sur la pointe des pieds, j'ai compris que les malfrats avaient mis le camion sens dessus dessous. Bobby, mon fidèle berger allemand, était apeuré, comme un fou. Par chance, ils n'avaient pas réussi à forcer la porte de l'armoire en fer. Ils avaient dû se dire que c'était là que je cachais mes billets de banque. Forcément, ils vont rappliquer avec un pied-de-biche.

Je ne peux pas passer mes journées dans les forêts ni dormir sur la terre. À l'instant où j'écris ces lignes, je suis dans une impasse terrible.

Ma vie a été un huis clos. Un enfermement pour rien. Mais il ne s'agissait pas d'un cauchemar. Je n'ai pas fréquenté le diable. Mes chats lui faisaient peur.

Mes petites bêtes soyeuses ont été les seules à m'aimer sans en faire trop. On m'a raconté qu'à Rome, il y a des chats partout dans la ville. Si je ne détestais pas autant les papes, ces despotes, je prendrais le train de nuit, gare de Lyon, pour admirer la merveilleuse cité féline. Aux Gargaudières, j'en ai eu jusqu'à sept en même temps. Mon préféré s'appelait Zébré des steppes. Il était charmeur, désobéissant, désopilant et infidèle. Mais c'était le plus intelligent du royaume.

Il n'aurait pas accepté le dernier acte de ma vie. Zébré se serait dressé contre mes envahisseurs. Car l'enfer, c'étaient vraiment ces brigands. Malheureusement, le chat n'est plus là.

Mes nuits ressemblent à celle du Vendredi saint. Et mes lèvres sont fermées par un énorme obstacle plus lourd encore que la pierre qui barrait le sépulcre du Christ. Je n'ai plus de voix, ma suffocation est imperceptible, ma complainte s'achève, et voilà que je suis transfiguré au milieu des distractions d'un monde qui s'ennuie ferme au point de ne pas voir l'agonie d'un peintre des rues.

38.

Hommage sentimental

Je n'ai jamais pu quitter cette terre. Il y a un attachement que personne ne peut expliquer. C'est une passion douce, un rayon de soleil sur la campagne, du côté de la chapelle Sainte-Agathe, une route qui monte à Sancerre, le sillage d'un train qui croise le canal vénérable, la forteresse d'Ainay qu'on découvre au loin en descendant de Saint-Amand. Les cailloux du Berry ont fait leur demeure dans ma mémoire pour ne jamais la quitter.

Je n'ai pas suffisamment voyagé pour faire des comparaisons savantes. Quand je consulte les journaux et les livres, je vois qu'il existe des paysages somptueux. À l'époque où j'apprenais le russe, j'aimais parcourir les manuels consacrés à la géographie de l'URSS. Les immensités des steppes me fascinaient, et ces étendues qui s'allongent à l'infini emportaient mon imagination malheureuse.

Mais rien ne pouvait m'arracher à la poésie mirifique de ma terre. Depuis un demi-siècle, je ne me suis jamais lassé de la vision de la cathédrale qui se découvre dans les marais, ni des petites maisons solitaires qui peuplaient les campagnes.

Maintenant, il y a cette nostalgie indéfinissable qui étreint le cœur. Mon inquiétude se transforme en prostration.

Je sais qu'une sagesse va mourir. La sagesse du blé dans les grands champs autour de Bourges, la sagesse du vent dans les chemins creux, à l'abri des haies, la sagesse des cerisiers de juin, la sagesse des vendanges d'automne, la sagesse de l'alambic sur les places de janvier. J'ai connu ces miracles qui ne font pas de bruit. Ils m'habitent, me hantent, me transpercent. Ils m'ont fait vivre. Ils ont été ma force et mon malheur. On ne se défait jamais de leur chant. Ce sont des choses qui m'ont plongé dans des états inimaginables. J'ai été un voyant parce que les pierres berrichonnes m'avaient donné cette force.

J'ai marché dans la province immémoriale. Je suis resté fidèle. Le Berry a été l'amie merveilleuse et l'ennemi de l'ombre, l'*humus* incomparable et le handicap terrible.

J'ai été le témoin impuissant d'un basculement, le témoin des cimetières qui grossissaient. On dit qu'ils sont des lieux de mémoire. Quelle stupidité d'écrivain pour faire rêver les âmes sujettes aux sensibleries ! Le cimetière, c'est la mort, rien d'autre.

Je ne sais pas où mon corps reposera. Pourvu qu'on me conduise dans un cimetière de Bourges. Je ne veux pas repartir à la campagne. Bientôt, là-bas, il n'y aura plus personne. À Bourges, il se trouvera deux ou trois amis pour venir me rendre visite. Dans les cimetières des villages agonisants, on ne comptera que des Parisiens fantomatiques avec leurs chrysanthèmes industriels. Je pourrais en mourir une seconde fois. Maintenant, je suis un homme de la ville. Je veux le rester. La campagne, je l'emporterai avec moi. Au ciel, mes poches seront pleines de chemins creux et de champs solitaires. Là-haut, j'emporterai aussi le bruit du poêle qui crépitait, l'autocar qui me ramenait, j'emporterai l'odeur du brouillard et la musique parfaite de mes rêves à la Croix de la morte.

39.

Dieu caché

Deus absconditus… Parfois, j'ai cherché la manière de trouver le goût de la prière. Dieu restait silencieux. Ma vie durant, j'ai vu tant de souffrances. Et le ciel était désespérément vide.

Les soirs d'orage, les matins d'été pluvieux, j'avais quelques pensées mystiques. Mais la religion continuait de m'insupporter.

Le petit enfant qui mourait de froid dans les faubourgs de Bourges, l'ouvrier qui crachait le sang de son corps broyé, la prostituée qui pleurait de désespoir, la femme battue par son mari alcoolique, l'écolier trop tendre pour ses camarades bagarreurs, tous cherchaient Dieu ; mais ils étaient comme moi, ils ne voyaient rien. La souffrance continuait sa course étrange. Dieu existerait et il ne ferait rien pour la femme obligée de vendre ses charmes ? Comment rester insensible à la souffrance du corps souillé de la femme ? Marinette m'a dit que deux chanoines de la cathédrale connaissaient parfaitement le chemin de l'immeuble où elle exerçait son terrible métier. Il leur arrivait de croiser de bons bourgeois dans les escaliers qui mènent aux chambres. Les pères de famille qui succédaient aux prêtres dans les immeubles des prostituées et dans les corps aussi avaient-ils ces soulèvements de l'estomac qu'on appelle des haut-le-cœur ? La société ose parler des femmes de petite vertu ! Dieu ne dit rien.

Il se tait car il n'existe pas. Le débat est clos.

Quand la colère se faisait plus douce, je reprenais ma quête. J'étais entêté. Un jour, je me décidai même à parler avec les tartuffes de la cathédrale. Hélas, j'ai croisé plus de lèvres grimaçantes, de regards sans joie, de mains tordues sur des livres pieux que d'extase mystique. À force, l'hiver, pour ne plus voir ces madones, je ne regardais que les tombés des capelines, les gants de cuir délicat doublés de fourrure de lapin, l'arrondi des chignons qui empêchait les chapeaux de tenir droit, les broches d'ivoire serties d'or.

Et le 8 janvier 1978, j'ai connu une aventure extraordinaire.

Je revenais des marais pour aller voir un ami rue Moyenne. Vers dix-sept heures, alors que la nuit s'installait, je suis passé par la rue du Puits-Noir. Tant de fois mes pas m'ont conduit par ce passage pour rejoindre la cathédrale. Mais je ne m'étais jamais aventuré dans le carmel. Le porche qui ouvre sur la cour de la chapelle n'était jamais fermé.

Pour la première fois, j'ai franchi le pas. Je n'en connais pas la raison puisque je ne voulais pas parler à une religieuse. Je me suis dirigé tout de suite vers la petite église sur la gauche. Elle ne possède aucun charme particulier. Quand j'ai poussé un battant, les premières notes de musique sont arrivées à mes oreilles. La nef était déserte ; seul le chœur était nimbé d'une lumière diaphane. Sur le côté, une grille immense allait du sol au plafond et séparait le sanctuaire du chœur des contemplatives. Je me suis avancé doucement afin de prendre place au premier rang et de ne rien perdre du moment.

Dans les stalles, face à face, les dix-huit carmélites chantaient l'office des vêpres de l'Épiphanie. Ces femmes de tous les âges célébraient la marche des Rois mages. Je les fixais calmement. Les rayons de la lumière déclinante qui jouaient dans les vitraux ne m'occupaient pas le moins du monde. Un instant, elles ont eu peur de ma présence indiscrète. Je pense même qu'elles étaient effarées. Puis le calme est revenu sur tous les visages quand elles ont compris que je ne ferais rien de mal.

La candeur et la force mêlées de ces femmes me subjuguaient.

Les carmélites étaient seules sans un prêtre. Elles portaient un grand manteau blanc de chœur sur leur habit traditionnel de laine couleur terre. Les novices avaient un voile blanc tandis que celui des carmélites qui avaient déjà prononcé leurs vœux de religion était noir.

Les psaumes se succédaient. L'ordonnancement était parfait. Les saintes femmes chantaient la grandeur d'un Dieu invisible : *Heureux qui craint le Seigneur, qui aime entièrement sa volonté ! Sa lignée sera puissante sur la terre ; la race des justes est bénie. Les richesses affluent dans sa maison : à jamais se maintiendra sa justice. Lumière des cœurs droits, il s'est levé dans les ténèbres, homme de justice, de tendresse et de pitié.* Les paroles étaient incompréhensibles. Les voix cristallines transformaient les mots, les petites notes de l'orgue les conduisaient vers les nuages d'encens qui s'élevaient lentement. La musique n'était plus contenue dans les murs étroits de l'église. Elle traversait les pierres et s'envolait très haut. Les voix se perdaient. Voilà le luxe que je n'avais jamais connu : je me trouvais dans l'éther, et ne voulais plus en partir. Je comprenais soudain que les sœurs n'avaient pas choisi de fuir mais de se reposer en Dieu.

Ce soir-là, le plus important était ailleurs. Il avait le visage d'une jeune religieuse. J'ignorais tout de sa vie, et jusqu'à son nom. Ce n'était pas grave. Je décidai immédiatement qu'elle s'appelait Jeanne-Victoire. Je ne saurais dire si elle s'était rendu compte que je la regardais. Dans les stalles, elle occupait une place au milieu de ses sœurs, de sorte qu'il n'était pas aisé de la remarquer. L'attention se portait spontanément vers la mère supérieure, dont le sérieux me semblait presque drôle, ou vers les jeunes novices qui ressemblaient à des blés de printemps. Seule Jeanne-Victoire m'importait.

Pour la première fois, sur cette terre, Dieu avait un visage. Ses yeux étaient bleus, ses joues rondes, un peu roses, sa peau blanche, presque transparente, un voile cachait ses cheveux qui devaient être blonds, peut-être bouclés, ses mains de porcelaine étaient si fines que je n'aurais jamais osé les prendre dans les miennes.

Mon compagnonnage contrarié avec le ciel s'éclairait. Les joues de Dieu étaient fraîches et l'idée folle de les embrasser était interdite. Depuis l'enfance, j'imaginais ma bouche trop lourde, trop sale, trop impure pour Lui. Je m'étais trompé.

Un jour, là-haut, la religieuse aux mains d'or viendrait serrer mes mains dans les siennes. J'allais bientôt mourir. Il me faudrait prendre patience. Dans les nuages, entourées de silence, pétries de silence, nos retrouvailles seraient merveilleuses.

Je ne rêvais pas. Il n'y avait pas réalité plus certaine que celle que je venais de vivre au carmel. Je suis reparti sans un mot. Dehors, il neigeait doucement. Et les flocons avaient l'odeur des roses anciennes du jardin de ma mère.

Je pensais au philosophe Sextus Empiricus qui écrivait : *Ocellos de Lucanie et Aristote aux quatre éléments ont adjoint un cinquième corps, doté d'un mouvement circulaire et dont ils pensent qu'il est la matière des corps célestes.* J'aurais passé ma vie à essayer de comprendre l'invisible. Il me fallait parvenir aux extrémités de mon temps pour ouvrir une porte. Mais il y a pire. Peut-être ne cherchais-je pas l'infini, mais la recherche de l'infini.

La ville muette était livide, maintenant, de cette couleur tremblante des blancs d'œuf battus, qui parviendrait à recouvrir le manteau bleu corrodant et métallique de la cathédrale. J'entendis au loin, vers l'avenue de Dun, un bruit de moto. Un bruit sec. Un bruit orgueilleux. C'était certainement un jeune garçon qui partait rejoindre son amour.

40.

Testament

Ce matin, je viens vous dire au revoir. La mort glaciale n'est pas loin. Elle marche à pas comptés et se moque de tout.

Je finirai étranglé. Je n'arrive pas à entrevoir une autre mort. Un assassin pourrait venir avec un fusil de chasse, un gourdin, ou un couteau de boucher. Mais pour Bascoulard, ce sera l'étouffement.

Je suppose qu'il faut des grosses mains velues pour achever un homme en l'empêchant de respirer. J'ai lu dans mon dictionnaire d'anatomie que l'on peut aussi stopper l'arrivée du sang au cerveau en comprimant les artères carotides.

Quelqu'un va s'approcher. Je chercherai à trouver une parade. Je chercherai à parlementer. Et je ne saurai pas me défendre. Je suis bien trop faible. Il me secouera dans tous les sens pour réclamer une dernière fois mon trésor. Tout ira très vite. Peut-être même serai-je déjà avec les anges quand il aura le geste fatal et que la lumière s'éteindra.

Il faut se rouler dans son imaginaire. Je l'ai fait toute ma vie. Pourquoi s'arrêter en si bon chemin ?

Je récite sans cesse « L'Étranger » de Baudelaire comme d'autres égrainent un chapelet. Il est mon dernier poème. J'ai été l'étranger de Bourges, le clochard hors les murs, le photographe inutile :

Qui aimes-tu le mieux, homme énigmatique, dis ? Ton père, ta mère, ta sœur ou ton frère ?
Je n'ai ni père, ni mère, ni sœur, ni frère.
Tes amis ?
Vous vous servez là d'une parole dont le sens m'est resté jusqu'à ce jour inconnu.
Ta patrie ?
J'ignore sous quelle latitude elle est située.
La beauté ?
Je l'aimerais volontiers, déesse et immortelle.
L'or ?
Je le hais comme vous haïssez Dieu.
Eh ! qu'aimes-tu donc, extraordinaire étranger ?
J'aime les nuages... les nuages qui passent... là-bas... là-bas... les merveilleux nuages !

J'ai aimé les nuages et je pars rejoindre le çiel. Combien de fois ai-je regardé les ombres blanches qui passaient au-dessus de mon camion ? Ces vapeurs roulaient à l'horizon. J'imaginais toujours qu'elles partaient en voyage pour Moscou.

Je voudrais que d'autres après moi puissent vivre libres. J'ai l'impression que ma vie ne sera plus possible. Pour errer comme un vagabond, on ne peut pas être seul. J'ai eu besoin d'amis, d'hommes fidèles. Ils m'ont aidé dans des moments difficiles. Ils m'ont aidé à réaliser mes drôles de rêves. Le monde qui vient me fait peur. La simplicité et la fraternité vont disparaître. La société nouvelle fait provision de tristesse pour de longs siècles. Ces pantomimes-là sont amoureuses de lunes mauvaises. Les hommes amassent à n'en plus savoir que faire des ressentiments et des haines. Un monde où personne ne connaît plus son semblable est une terre d'automates serviles.

Je n'aimais pas la société et elle me le rendait bien. Mais il restait une lumière dans le ciel, une musique dans la nuit. Depuis quelque temps, j'ai l'impression de voir venir des hommes sans rêve. Les paysans de Faverdines rêvaient. Les ouvriers de Saint-Florent aussi. La fin des rêves signe la mort de la colère et du chagrin. C'est l'avènement d'hommes inventés par des fous. Il n'y aura plus d'*étranger*. On verra juste des êtres de courte vertu et de petites lésines.

Une peste, tapie dans l'ombre, mange les hommes. C'est une épidémie invisible. Personne n'y prend garde. Elle avance sans se montrer. Un matin, on se réveillera, et la maladie des âmes aura tout détruit. J'en connais les symptômes. Les hommes seront des étrangers pour leurs frères ; la fraternité brûlera, la liberté s'évanouira, l'avarice triomphera.

J'ai vécu comme un écorché. Partout. Sans cesse. Le plus grand malheur du voyant est sa lucidité. Il voit tout. Il ne peut plus être aveugle, il ne peut plus se bercer d'illusions.

Je n'ai pas envie de quitter ma terre. Je pensais demeurer un peu avec vous. Je me surprends moi-même. On pense que seuls les riches profitent de la vie ; les pauvres aussi ont leurs bonheurs qui les attachent à cette vallée de larmes.

Aujourd'hui, le vent est d'une douceur inhabituelle ; il virevolte dans les arbres, il caresse ma peau, il me donne du courage.

Pourtant il fait froid et le ciel est gris. Le soleil tente de se frayer un passage entre les gros nuages. Les Gargaudières savent que je vais partir. Mais je n'irai pas à Bourges. Je ne prendrai pas mon éternel tricycle. Je vais voyager dans les contrées où elles se languiront de moi. Je manquerai à mes arbres, à mes chemins, à mon vieux camion. La carcasse va rouiller, les herbes méchantes tout envahir. Que restera-t-il de nos doux moments ?

Le temps s'accélère. Mon sang bat si vite qu'il frappe mes tempes. Dans ma tête, j'entends la voix inquiète de maman, le bruit des trains de l'enfance, le chant d'une hirondelle. L'odeur d'un champ de blé revient soudain. Tout se mêle avec des notes de piano, et les cordes d'un violon.

Et j'ai envie de prier pour vous. Pour moi aussi. J'ai envie de hurler les mots du Christ sur la croix : *Eloï, Eloï, lama sabactani*, mon Dieu, mon Dieu, pourquoi m'avez-vous abandonné ?

Bourges, mardi 10 janvier 1978.

D'un ami

Dans les pages de *Détective*, le journaliste Francisque Oeschger n'avait pas hésité à décrire l'horrible scène : *Jeudi 12 janvier 1978. André Godon ne pense guère au peintre en se rendant dans son jardin vers dix-huit heures pour soigner ses poules et ses lapins lorsqu'il bute sur un corps étendu face contre terre, glacé, raidi par la mort, veillé par les yeux d'agate des chats immobiles : le cadavre de Marcel Bascoulard ! Du sang a coulé de son nez et une trace rouge marque sa gorge.*

Aussitôt, la nouvelle se répand en ville. Le rapport des médecins légistes, Pierre et Sallé, tombe comme une bombe. Le malheureux a été étranglé ! Lui, l'innocent, a été assassiné sauvagement comme il l'avait prédit !

Trois jours plus tard, la foule immense se pressait aux obsèques à l'église Notre-Dame. Sourire en coin, on ne manqua pas de s'amuser de cette cérémonie solennelle qui venait fermer le ban d'une vie loin de la religion. La municipalité communiste fraîchement élue rendit hommage au peintre clochard, et les commerçants de Bourges s'occupèrent de la tombe au cimetière Saint-Lazare.

Puis les regards se tournèrent vers un jeune homme de vingt-trois ans, un certain Jean-Claude Simion. Devant les enquêteurs, le bougre changea plusieurs fois sa version des faits. Le procès fut théâtral et chaotique. Dans la grande salle d'audience, Rita Parissi avait quitté la barre en faisant le signe de croix. Marcel n'aurait pas aimé. Mais l'assistance a ri de bon cœur.

Le juge voulait aller vite. Simion fut reconnu coupable et écopa d'une peine de quinze ans de réclusion criminelle. Une décision étonnante car nombre de questions demeuraient sans réponse… Sur les murs de la ville, on trouva ce graffiti inquiétant, écrit en lettres capitales, dessiné avec de la peinture noire : *J-C S N'EST PAS UN ASSASSIN*. Le peuple, les gens de rien que Bascoulard a toujours défendus, se révoltaient peut-être avec leurs armes.

Le temps fait toujours son œuvre. Bourges a changé. Mais les merveilleux dessins, innombrables, et les photos iconoclastes de la bête étrange sont là. D'un siècle où tout s'est accéléré pour les campagnes berrichonnes, je ne pourrais jamais oublier le regard triste, l'allure inimitable, la souffrance fragile de celui qui n'avait rien pour parler d'une civilisation paysanne qu'il raconte mieux que tous et dont il est sorti transfiguré. Quelque chose s'achève avec cet homme éperdu.

Maintenant le travail extraordinaire a quitté les taudis, les trous de rats, les tas de boue. Il est exposé dans les galeries d'art à Paris, New York ou Venise.

Marcel Bascoulard avait raison.

Acta est fabula.

Table des matières

La photocomposition de cet ouvrage
a été réalisée par
GRAPHIC HAINAUT
76, rue de Nancy 59100 Roubaix

Imprimé en France par
CPI Brodard & Taupin
en octobre 2023
N° d'impression : 3054607

Pour plus d'information :

www.lisez.com

Imprimé sur du papier issu de forêts gérées durablement.

Pocket – 92 avenue de France, 75013 PARIS

S33669/01